Fantina

Fantina

Cenas da escravidão

F. C. Duarte Badaró
Com um juízo crítico por Bernardo Guimarães

Sidney Chalhoub (POSFÁCIO)

Copyright do posfácio e das notas © 2019 by Sidney Chalhoub

CHÃO EDITORA
EDITORA Marta Garcia
EDITOR-ADJUNTO Carlos A. Inada

CAPA E PROJETO GRÁFICO Mayumi Okuyama
DIAGRAMAÇÃO Jussara Fino
PRODUÇÃO GRÁFICA Lilia Góes
PREPARAÇÃO Márcia Copola
REVISÃO Isabel Cury e Cláudia Cantarin
DIGITAÇÃO E COTEJO Maria Fernanda A. Rangel/Centro de
Estudos da Casa do Pinhal
PESQUISA ICONOGRÁFICA Sidney Chalhoub e Ana Laura Souza
TRATAMENTO DE IMAGENS Wagner Fernandes

DADOS INTERNACIONAIS DE CATALOGAÇÃO NA PUBLICAÇÃO (CIP)
(CÂMARA BRASILEIRA DO LIVRO, SP, BRASIL)

Badaró, Francisco Coelho Duarte, 1860-1921.
   Fantina : cenas da escravidão / F. C. Duarte Badaró ;
posfácio, Sidney Chalhoub. — São Paulo : Chão Editora, 2019.

   Bibliografia
   ISBN 978-65-80341-02-3

   1. Romance histórico brasileiro I. Chalhoub, Sidney. II. Título.

19-29890   CDD-869.93081

Índices para catálogo sistemático
1. Romance histórico : Literatura brasileira 869.93081
Iolanda Rodrigues Biode – Bibliotecária – CRB-8/10014

Grafia atualizada segundo as regras do Acordo Ortográfico da Língua
Portuguesa (1990), em vigor no Brasil desde 1.º de janeiro de 2009.

chão editora ltda.
Avenida Vieira de Carvalho, 40 — cj. 2
CEP 01210-010 — São Paulo — SP
Tel +55 11 3032-3726
editora@chaoeditora.com.br
www.chaoeditora.com.br

Sumário

9 FANTINA

119 Posfácio

177 Bibliografia

183 Notas

191 Créditos das ilustrações

FANTINA

(SCENAS DA ESCRAVIDÃO)

POR

F. C. DUARTE BADARO'

ACADEMICO DE S. PAULO

COM

UM JUIZO CRITICO

POR

BERNARDO GUIMARÃES

RIO DE JANEIRO

B. L. Garnier.—LIVREIRO EDITOR

71 RUA DO OUVIDOR 71

—

1881

Frontispício da primeira edição de *Fantina: cenas da escravidão*

MEU CARO BADARÓ

Vou por meio desta carta comunicar-te a impressão, que deixou em meu espírito a rápida leitura, que fiz, do teu romance manuscrito intitulado — *Fantina* —, e que pretendes dar à luz da publicidade. Em meu entender estreias lindamente a tua carreira de romancista, e se o gosto literário não está ainda inteiramente pervertido, o teu livro será acolhido com aplausos e obterá considerável sucesso.[1]

Talvez estejas lembrado, que por vezes te disse em conversação, que em matéria de literatura, e especialmente no romance não conheço escola alguma, que tenha jus a predominar exclusivamente, e só admito a autoridade daquela, que é presidida pelo bom senso e pelo bom gosto.

É somente guiados por estes dous fanais, que poderemos discriminar e seguir o que há de bom e belo nas tendências das diversas escolas e nos escritores de melhor nota, e escolher com critério o que há de aproveitável no material, que a nossa própria imaginação e observação nos podem sugerir para um empreendimento literário. O bom senso nos esclarece para rejeitarmos o que há de fútil, banal e grosseiro, e só escolhermos o que há de conveniente, útil e decoroso na vida real. O bom gosto nos inspira para que só lancemos mão do que é belo, isto é, daquilo que pode ser agradável à imaginação do leitor.

Utile dulci — eis o axioma de crítica literária, que nunca será derrogado. Do primeiro se encarrega o bom senso, o segundo é tarefa do bom gosto.

Se o romantismo puro não pode constituir uma escola, também não o pode o realismo. No romance principalmente, gênero de literatura, sobre o qual ainda ninguém legislou, nem pode legislar, campo vasto, aberto a todas as imaginações, ninguém deve ser julgado segundo os aforismos desta ou daquela escola, deste ou daquele sistema.

No romance nada de exclusivismo escolar; nada de exagerações. Caracteres e descrições, lances e peripécias, tudo deve ter o cunho da verossimilhança e da naturalidade; tudo deve marchar de acordo com as leis físicas e morais, a que o mundo e a humanidade estão sujeitos, a menos que não se trate de alguma dessas produções, que pertencem francamente ao gênero fantástico, como os poemas de Ariosto, as *Mil e uma noites*, os contos de Hoffmann, alguns romances de Théophile Gauthier, e outros.

O romance, como tudo que é produto literário, deve visar a um fim qualquer, que seja útil ao homem e à sociedade. Sua missão consiste, no meu entender, em procurar elevar o espírito humano exaltando-lhe a fantasia e inspirando-lhe sentimentos nobres e generosos por meio da criação de tipos brilhantes e dignos de imitação em contraposição a caracteres ignóbeis, torpes ou ridículos. Ora, a realidade é quase sempre fria, trivial, e às vezes abjeta e repugnante; bem poucas vezes se apresenta em condições de poder ser copiada ao natural em uma tela literária; sempre é mister, que o pincel ou lápis do artista retoque as linhas e o colorido, para que o painel se torne apresentável como obra de arte. Eis aí por que não posso compreender, que haja produção literária de mérito, sem que tenha alguma cousa de poética e ideal. Se o realismo prevalecesse absolutamente nos domínios da literatura, esta não seria uma arte nobre, engenhosa e profunda, como é; seria apenas um mero processo mecânico, como é a fotografia em relação à pintura.

Por outro lado o romantismo, ou antes, o idealismo exagerado nos leva de encontro a um escolho não menos formidável, e que devemos evitar com igual cuidado. Perdendo-se de vista inteiramente o mundo real, que em todo caso deve servir de tipo às produções da fantasia, o espírito como que perde a órbita de seu giro, embebe-se nas regiões do delírio, e só engendra criações monstruosas, cuja deformidade em vão procura disfarçar sob o aparato de brilhantes acessórios, e de uma linguagem rica e imaginosa.

No meu entender soubeste evitar em teu pequeno romance com igual felicidade os dous escolhos, que acabo de indicar. Se bem que se filie francamente à escola realista, — escola que sem dúvida deve predominar, quando se trata de um romance brasileiro, de costumes e da atualidade, — todavia não é ele o transunto de uma realidade chata, grosseira e trivial, mas sim um quadro vivo e interessante do que ela oferece de digno da atenção do artista, do literato e do filósofo. Muito mais longe ainda anda ele das quixotescas exagerações do romantismo descabelado. Caracteres bem delineados e bem sustentados, lances e peripécias bem conduzidos, diálogo sóbrio e animado dão muita vida, interesse e realidade ao teu romance; ao passo que uma linguagem correta, elegante e pura, sem degenerar em lusitanismo, e também muito brasileira sem descair no americanismo, de que tanto abusam alguns escritores nacionais, fornece-lhe o verniz ideal, de que não se pode prescindir em toda a produção literária.

É por agora o que te posso dizer ao correr da pena a respeito de tua produção, depois de uma rápida leitura. Aguardo ansioso sua publicação para poder fazer dela mais ampla apreciação.

Teu amigo

Bernardo Guimarães

Fantina

I

Era meio-dia.

Uma calma intensa produzia amolecimentos voluptuosos. O vasto terreiro da fazenda era de terra massapé, e com o refrangimento do largo sol, que caía dos telhados das senzalas parecia a abóbada de um forno. Pombas mansas arrulavam tristemente lá por baixo do sobrado. Com grandes barulhos os cevados estiravam a barriga colossal na água que corria ao longo do chiqueiro. A quebreira tornava-se abafadiça. A fazenda estava quieta, num repouso pacato; as varandas desertas. Lá pelos lados de trás ouvia-se a cantiga monótona duma velha africana que pilava café no engenho; e mais confusamente percebia-se o chiar dum moroso carro de bois que subia o morro de leste. D. Luzia, estirada na cadeira que estava no canto do quarto, lia preguiçosamente o *Jornal do Commercio*. Fantina, bocejando muito, ia movendo os dedos sobre a cabeça de nhanhá, dando cafunés.

D. Luzia deixou cair molemente o jornal sobre o regaço e mandou a mucama ver como estavam os engomados. E começou de pensar em Frederico. A sua fisionomia morena e sadia vinha-lhe à memória com os aumentos de um cosmorama. Ela ia aos poucos combinando as ideias, e afinal via tão nitidamente o objeto de seus ais, que estendia-lhe os braços prometedores. De repente cerrava os sobrolhos e batia com o pé no chão, dizendo:

— Hei de casar com ele, custe o que custar. Não sujeito-me às imposições de genros e filhos.

— Faltam ainda as saias de recortado; — disse Fantina entrando.

— Pois que as preparem até logo, que amanhã irei à cidade ver a festa do Divino Espírito Santo.

Havia fogos artificiais para a noite da festa; o sermão declamatório de frei Ludovico ao meio-dia, os cumprimentos atenciosos do compadre vigário, os encontros com Frederico, — tudo lhe parecia nadando em luz e vida.

Enviuvara-se, havia quatro anos, e dizia ter sofrido muito. Não se achava velha, apesar de ter quarenta anos, alentados como o toutiço de um cônego. Ou fossem os alimentos de que usava, muito suculentos, ou o temperamento sanguíneo, ou o calor daqueles lugares; o certo é que ela sentia no corpo rejuvenescido ímpetos da mocidade. Ideias sensuais bailavam no seu cérebro ora remoçado.

Algumas das filhas casadas aborreciam-se e davam muxoxos com o modo dengue da *mamãe*.

Que não era mais tempo de casar-se; eles, filhos e filhas, precisavam muito dela; — e demais não achavam jeito no tal Frederico.

A tudo isto *ela* respondia com palavrões de arromba, cheios de fel.

II

O compadre Zé de Deus, assentado à porta duma engenhoca que guardava as cangalhas da tropa, cosia uma retranca; e ao mesmo tempo conversava com Frederico, que da janela do quarto lhe falava da festa do Divino.

— Não sei se irei, seu Frederico. Sai um homem de sua casa, vai a uma festa nessa terra de vadios e nada ganha; pelo contrário, eles é que ainda fazem a gente pagar bebidas, os diabos — os bêbados.

— Mas d. Luzia nos convidou — disse Frederico —; e nos ofereceu a casa.

— Não me lembrava da comadre, seu maganão! Então o senhor quer ir à festa do Divino? Está bom... está bom — tartamudeou alevantando-se e dirigindo-se para onde falava Frederico.

III

Ao outro dia pela tardinha ambos faziam a entrada nas ruas do *Rio Novo*. Atravessaram a ponte, e, subindo por uma rua muito estreita, passaram pela porta duma casa grande, de sacadas pretas, onde havia muita gente em trajes domingueiros. Era a véspera da festa; a povoação, porém, mostrava-se pelas ruas e rótulas jesuíticas. Havia o *rou-rou* de vestidos muito engomados, que indica alteração nos hábitos caseiros. Na porta da *casa grande* apearam, e na sala caiada de branco, com um aparador no meio, quadros de paisagens pelas paredes, sofá acolchoado a um canto, estava d. Luzia e os amigos que foram visitá-la. O Zé de Deus foi muito bem recebido. Frederico muito atencioso pôs-se a falar dos festejos que vira, havia tempos, em Barbacena. E com ar respeitoso pedia a sanção de seus dizeres a d. Luzia. O *compadre* alevantou-se desabotoando o colete, e, da sacada, olhava as crioulas que chalaceavam passando pela rua na direção do castelo, que aparecia, borrando o horizonte, lá ao longe, na parte mais alta da cidade.

— Que calor, senhora comadre! É neste tempo que me lembro do meu Alentejo.

D. Joaquina foi ao piano e começou de tocar o *Sabiá*, que ela estropeava sofrivelmente. A sombra da tarde quente entrava na sala; e as árvores ramalhudas duma quinta em frente volviam de manso as folhas como beijos sussurrantes da viração rara.

Pediram luz.

O Zé de Deus preparava-se para sair. D. Joaquina ainda tocou para ele um *batuque* muito de sua paixão.

— Vou à casa do Roberto ver se chegaram umas encomendas.

Ditas essas palavras, retirou-se fazendo barulho na escada.

Esse Roberto de que ele falou era um português falido três vezes; um ratoneiro que esteve com o negócio fechado por mais de seis anos, sem meio de vida conhecido. Batia na pobre mulher, fazia medo às filhas e punha os filhos pra rua. Agora com a amizade do patrício ia acreditando-se, porque o Zé de Deus tinha uma boa fazenda. Terras ubérrimas, alguns negros, e além de tudo muito memorável nas lendas de certo mascate, o Zé de Deus gozava do nome de rico. Contavam os vizinhos, no seu grande azedume burguês, que ele era rico, porque nos tempos da moagem lambia o beiço dos negros para ver se tinham chupado alguma cana sem licença. Hoje frequentava muito a casa da comadre, porque lhe queria a mão viúva.

IV

Frederico conhecia as intenções do seu *homem*; mas não fazia-se timorato, porque tinha consciência da sua supremacia. O Zé de Deus indo a Sorocaba comprar bestas aconteceu encontrar e conhecer Frederico, não sei em que ponto; e simpatizou-se muito com ele, porque um seu camarada da tropa esbordoou a um bêbado e foi preso. Frederico foi-lhe então o anjo da guarda, que, na qualidade de íntimo da Silvestre, mulher do delegado, arranjou a soltura do preso. O Zé de Deus exultou. Perguntou logo ao seu imprevisto amigo, com muita liberdade, se queria ir com ele para negociarem juntos. O da mulher do delegado, ou como diziam na terra — o da Silvestre, — resolveu abandoná-la e seguir o convite do seu protetor. A pobre mulher quando soube do plano do celerado amante quis fugir com ele; mas o marido desonrado, avisado a tempo, prendeu a infida consorte até que estivesse bem longe o seu sócio.

V

Depois de chegados à fazenda do Ribeirão Frederico não estava bem, porque o Zé de Deus queria serviço e ele era da pândega. Demais, *as* ridicularias do dono da casa o enjoavam. À hora do jantar via-se na ponta da mesa um prato de bananas, e três somente, visto ser esse o número das pessoas que tinham de jantar: o Zé de Deus, Frederico e um feitor. Um dia o português ia brigando, porque Frederico comeu duas das frutas. Foi o diabo. O Zé de Deus alevantou-se e foi à despensa, e como não encontrasse mais bufou, e deixou o Antônio da Chica fazendo cruz na boca.

O que continha Frederico neste centro de privações era a esperança de realizar um plano gigante. Foi um domingo passear à fazenda de d. Luzia, e lá, enquanto ela mostrava curiosidades ao compadre, Frederico contava os bezerros nascidos, olhava os pastos e tomava o número dos escravos. Sondava tudo com a profundeza arguta de um moderno observador. Depois de muitas indagações interesseiras e de volta ao outro dia, perguntou ao Zé de Deus:

— Esta família parece gente arranjada, não, senhor Zé de Deus?

— Não é só arranjada, seu Frederico; é rica e continua aumentando os cabedais.

E nestas condições chegaram ao Ribeirão.

Notou-se em Frederico desde esse dia uma certa alegria biltre; ria, cantava e fazia gemer as velhas cordas de um violão. Contava pilhérias salobras ao Zé de Deus; — estava nos ares, o frascário.

Sempre que lhe era possível ia passear ao Ingazeiro, e não perdia missa em que fosse d. Luzia e as quatro mucamas — mulatinhas frescalhonas. Aos poucos foi se introduzindo, e tomou terreno como a gota d'água que ao de leve se entranha no barranco até esbouçá-lo. Frederico começou de passar semanas inteiras sob os telhados do Ingazeiro, recebendo certo tratamento familiar da parte de d. Luzia.

Quem ia ao quarto dele levar o café da manhã, era uma velha mulata, a Rosa. Às vezes eram oito horas quando a rapariga batia na porta e anunciava-lhe o café. Mesmo em ceroulas ele dava entrada à bandeja. Sentado na borda do leito, atrapalhado, ia mexendo o açúcar, enquanto Rosa parecia escovar o ventre com a quina da bandeja. Lá consigo o antigo da Silvestre pensava no mau gosto da casa a respeito de serventes; pois havendo na fazenda tanta gente *limpa*, mandavam-lhe uma mulata maior de quarenta anos, magra, muito alta, com um lenço de chita cheio de ramagens vermelhas atado à cabeça em forma de gorro de marujo; saia de algodão de S. Catarina, tinto de canduá.

— Então, *tia* Rosa, como passou esta noite a sra. d. Luzia?

— Ela passou bem, meu senhor; todos passaram bem, graças a Deus.

— É o que serve, é o que se quer, tia Rosa.

Mesmo em mangas de camisa abria a janela do quarto, a qual dava para o lado do rio, que depauperado pela seca, rolava a sua corrente com um som gemebundo e apaixonado, como que se recordando das selvas intrincadas que outrora pousavam-lhe as margens de gritos selvagens. Hoje suas ribas silenciosas tinham o aspecto desolador de um peito vazio de esperanças.

Frederico saboreando um esplêndido cigarro do Pomba olhava as janelas que lhe ficavam em linhas paralelas. O ar muito puro e doce de uma manhã azulada fazia-o respirar prazenteiramente, pachorrentamente. No terreiro próximo os curraleiros tiravam leite. Os bezerros quebravam a monotonia daquelas horas com balidos famintos, que troando no ar como os acentos de uma lamentação recalcada, iam morrer no sopé do morro do leste. Em outro terreiro viam-se os bois de carro já presos pelas pontas; e mais além, fora das porteiras, em cima duma cerca, um negro de quiçamba ao ombro, gritava aos porcos do pasto. E aquele *culé, culé*, do porqueiro atraía a atenção de Frederico que achava *poesia* nesse rudimento de civilização. Depois ele passava à varanda da frente. D. Luzia noutra varanda, logo que o percebia convidava-o para entrar. Ali, ela assentada e ele encostado ao parapeito, iam olhando-se com certos cuidados. Frederico com uma das mãos machucava as folhas de uma *catinga-de-mulata*, que saía fora do caixão de pedra. O aroma sensual da planta exalando, fazia pensar no seu *homônimo*. D. Luzia falava de uma e de outra flor; e lá em um canto dava-lhe um raminho significativo que ele agradecia dizendo:

— É sempre com imenso prazer que de vossas mãos recebo qualquer coisa!

Ela sorria a estes dizeres pelintras. Nesta ocasião entrava o Juca que convidava Frederico para depois do almoço irem passear à roça. Frederico aceitando o convite começava a falar em caçadas de caititus, pacas e antas: Então o Juca ficava verboso, e contando façanhas, dando tiros com a boca e latindo ao mesmo tempo, dava o tipo do verdadeiro e apaixonado amante da venatória. Seu gênio era franco e largo: gostava de passar dias inteiros pelos seios das matas virgens, aspirando os aromas quentes das resinas que caem das árvores como longas lágrimas de gigantes chorosos. Aquela música sonora que a matilha entoa quando vai rolando por um capão fora, punha na alma dele entusiasmos lendários. E quando a fera encostada a uma toca rangia os grandes dentes, escumando com as raivas ingentes de um organismo selvagem, era-lhe grato chegar empunhando o largo facão e a espingarda, e disparar o tiro, e ver o animal exangue inda lutar com as presas dos amestrados cães. Tinha paixão por um cão, como eu ou o leitor tem por uma mulher bonita e espirituosa. Assim como nós vendo um rancho de moças ficamos a analisar os pés, as cinturas, as linhas do rosto, as entumescências frescas dos seios, ele extasiava-se diante de um cão varado, de focinho comprido e inteligente. Sabia a árvore genealógica dos seus amigos de caçada, e dizia que possuía um cão veadeiro, que era da sua estimação especial, e contava que o avô desse galgo fora tão fiel amigo, que seu senhor uma vez ferindo-se numa caçada e morrendo, o cão pôs-se de guarda quinze dias. Quando encontraram o cadáver já decomposto pela podridão, o pobre animal não se podia suster nas patas para escaramuçar os corvos famintos. E contava mais, que depois de encontrado e enterrado o cadáver, o cão apaixonou-se e desapareceu de casa, sendo algumas vezes visto a uivar tristemente pelos sítios onde outrora seu senhor fazia-lhe estremecer, disparando a arma, cujo estampido internava-se pelo seio da floresta, reboando de quebradas em quebradas.

VI

O Zé de Deus quando pensava no Frederico dizia lá com seus botões: — Está com o terreno pronto: quando muito pouco casa-se com a Joaquininha, ou então vai ser administrador da fazenda, porque caiu nas simpatias da comadre. E no entanto *ele* é um malandro, um pícaro!!

VII

Ao meio-dia Frederico e Juca estavam vendo um enorme arrozal que acompanhava as sinuosidades de um riacho. Frederico contemplando a face encrespada daquele mar verde e sussurrante, sentiu o peito cheio de paixão pela mãe do Juca. Teve vontade de fazer como o barbeiro do rei Midas: dizer o seu segredo ao arrozal para que ele o repetisse às brincadoras virações da tarde. Um calor dissolvente murchava as purulentas folhas das beldroegas. Em uma volta do riacho havia uma frondosa sananduba, que por largo espaço atirava a sombra de seus ramos viridentes e protetores. A humanidade serena e recolhida, e o cheiro inebriante dos melões, derramavam no ar umas sensualidades agrestes.

De volta para a fazenda passaram por um atalho onde moravam uns antigos campeiros da casa. Aí parados, o Juca perguntou à velha Josefa:

— Onde foi o Daniel?

— Saiu, nhonhô, há de haver coisa de meia hora; e se não me engano ele foi até lá ao Ingazeiro, pela estrada do Açude.

VIII

Que não aborrecessem, que era senhora de si, que não suportava maçadas, — dizia d. Luzia ao compadre Zé de Deus.

— É o que vem a acontecer. Todos muito malsatisfeitos, senhora comadre.

— Que estejam; — murmurou ela levantando-se para ver quem chegava no terreiro.

Era o Frederico com o Juca.

Reunidos na espaçosa sala onde os móveis de jacarandá-preto derramavam uma cor triste e melancólica, d. Luzia perguntava a Frederico como se houvera pela roça. Ele era muito corado, com os cabelos em desalinho pela testa, ia os concertando e contando as particularidades frias do passeio. O Zé de Deus encostado ao portal riscava fósforos um atrás do outro, para acender uma ponta de cigarro que já lhe chamuscava os beiços. De vez em quando dizia lá consigo:

— Que grande bandalheira! este cavalheiro de indústria meteu-se aqui e a bêbada da *velha* está pelo beiço... Que eu os atrapalho, não resta dúvida. É simplesmente um desaforo; — concluía atirando um jacto de saliva preta lá para um canto. Levantou-se, e passeando pela varanda pensava no titânico vagabundo, que em má hora entrou-lhe em casa, dizia:

— Veio do inferno me perturbar: já estava a minha fazenda do Ribeirão quase em negócio, porque em casando-me com *ela* tornava-me, por força de lei, senhor e possuidor do Ingazeiro.

E vendo esses castelos derrocados só com a lembrança de Frederico enfurecia-se atrozmente, supinamente.

Entrando na sala disse:

— A senhora comadre há de permitir, mas eu vou me chegando para casa.

— É muito cedo, compadre!... o jantar não demora. É melhor esperar a tardinha, porque o sol está de rachar.

— Visto *isso* espero.

Lembrou-se de bons pratos, da abundância animadora, e por amor da gastronomia esperou. Cravando os olhos no rosto de Frederico ele disse:

— O senhor tem engordado bastante!?

— É verdade. Tenho passado bem; e poucos *amoladores*.

A última palavra muito acentuada fez o Zé de Deus corar, e para disfarce, principiou a fazer novo cigarro.

D. Luzia internamente apreciava a conversação do compadre com o *eleito*; e ria-se quando aquele era humilhado por este. Reatavam o fio da *prosa* quando chamaram para o jantar.

Entraram.

As vidraças da sala estavam suspensas, e umas paineiras vizinhas metiam familiarmente para o lado de dentro os seus grandes e frondosos ramos. Os pássaros com a sombra e frescura da sala gorjeavam cintilantemente; e à porfia chilreavam dois sabiás e um negro e luzidio gorrixo. Frederico sentia-se alegre, jovial; contava casos, ria. Uma outra passarada parecia estar cantando no seu peito feliz.

IX

Nesta hora em que a *nhenhá* estava distraída, Fantina aproveitou para dizer adeus a Daniel, que chegara quando foi servido o jantar. Toda medrosa e trêmula ela passou pela sala de visita, e chegando à varanda, deu quase de frente com ele, que se ergueu rápido.

— Como vais, Daniel? Estás tão sumido!...

— Trabalhando muito por tua causa, meu bem...

E chegando-se a ela pegou nas suas mãos papudinhas e quentes.

Depois ouviu-se o esvoaçar de um beijo.

— Olha que pode vir alguém, Daniel!

Mas ele com a rude franqueza dos camponeses chegou-a ao peito, que estuava; e ela na doce confiança dos corações ingênuos, deixava-se levar. Por muitas vezes, desde meninos, Daniel a perseguia; mas quando passava-lhe as mãos com força, ela falava em gritar. Beijos e abraços por muitas vezes foram estrofes que os dois rimaram ao calor de masculinidades virgens.

Daniel queria casar-se; tinha-lhe muito amor, e muito desejo sensual, também. Agora, ela já mulatinha de dezoito anos inflamatórios, produto de duas raças viris, com uns cabelos pretos e luzidios como o anum, cacheados; com dois olhos úmidos e velozes como o gume de um punhal da Numância; e os lábios de uma carnação rubra como as tintas das auroras boreais, olhavam de cima os seios que rivalizavam com as metades de uma gamboa *temporona* — apresentava o tipo da americana meridional. Os senhores moços quando encontravam-na longe de d. Luzia, davam beliscões e diziam-lhe palavras de significação equívoca. Prometiam-lhe mundos e fundos: a carta de liberdade e uma negra. Estas tentativas malogravam-se de encontro ao muro de seu pudor casto.

Um médico italiano esteve rodeando muito a fazenda: diziam que doido. Ela nem o conhecia. Sei que o infeliz Lovelace sendo arguido sobre seus amores, respondera friamente: *Quantunque bella con tutto ciò non mi piace.*[2] D. Luzia tinha ciúmes de Fantina, e atribuía a ela ou aos seus cobres todas as festas que se lhe faziam.

Um arrastado de cadeira na sala de jantar interrompeu o doce colóquio.

— Não, não! chega que pode vir gente. Nhenhá está acabando de jantar.

Daniel convulsionado, sentindo mil vidas, uniu-a ao seio e depôs-lhe um beijo tão inflamatório, que produziu no seu organismo um jorro de sensualidade, semelhante à água de um açude quando rompe-se em borbotões mugidores. Daniel disse que já possuía um conto de réis, mas que ainda não chegava. Convidou-a para fugir; ela recusou, porque estimava muito a nhenhá. E dando nele mais um abraço, pediu que aparecesse.

Em seguida sumiu-se pelo corredor. Daniel a amava com uma fome de alarve. Os desejos carnais dando vigor à sua imaginação, puxavam-no para junto *dela*, como o pescador puxa pelos cabelos o companheiro que caiu da canoa.

X

Frederico um pouco espiritualizado dizia chalaças funambu-
lescas ao Zé de Deus, que muito vermelho, com o nariz como
um pimentão maduro, devorava um pedaço de queijo, regan-
do-o a miúdo com *Madeira*.

— D. Luzia, seu compadre não viaja hoje.

— Por quê?

— Oh! pois a senhora não vê como ele tem *trabalhado*? —
e apontava para os pratos que tinham o aspecto da carestia.

E suspirava com a boca muito cheia.

— O que fez comer mais um pouco foi o chouriço; e minha
comadre, a falar a verdade, depois que vim de Portugal, ainda
não bebi tão bom vinho.

— É sofrível; — respondeu d. Luzia.

O Zé de Deus estava cheio e dizendo muitas liberdades.

— Ó Chico! dá cá o chouriço aí! — E tomando o prato pu-
xava com a colher como se esta fosse uma pá.

— Sou doudo por isto, já me aconteceu uma que vou contar. Quando vim de Portugal, há vinte anos, fui morar ao La-
mim; e lá estando a servir de caixeiro, vi na mesa um bonito
prato, muito pretinho, que reluzia como a penugem de um
melro. A gordura corria derredor do prato e o sangue era do
mesmo dia.

Aqui arrotando com grandes estrondos, fez uma pausa.

— Quando, então, mudei-me para aqui, perguntei como se fazia aquilo; e o Pedro da Carlota, me disse que engordava-se o capado, e, cinco dias antes de matá-lo, só se devia alimentá-lo com goiabada, garapa, rapadura, e sempre doce. Depois, morto o porco, as tripas estariam cheias de chouriço. Assim fiz. Cortei as tripas em pedaços de meio palmo, amarrei-os e pus à fumaça da chaminé. Um belo dia foi que me lembrei de provar; e então vi onde havia caído, tudo devido ao *sainbamba*[3] do Pedro, o perro. — Continuou dizendo que naquele tempo merecia desculpa, porque era um pobre *novato*, que até procurou num hotel ovos de cutia, e quis matar um tatu, supondo que o bicho cavava a sua cova. E dando uma risada arreganhada, mostrava uma caverna cheia de dentes podres e pretos, como fósseis, do uso desbragado do cigarro.

XI

Acabado o jantar saíram para a varanda, onde corria uma viração fresca e saturada dos perfumes do laranjal, que esbranquiçado por uma enorme grinalda, parecia entoar o epitalâmio florestal. Na praia, embaixo, à beira do rio, alguns homens em fraldas de camisas pescavam de anzol; e muito rubro, como uma enorme bola de metal candente, o sol tombava ensanguentando a selva do espigão, que se recortava em grandes agulhas negras. Aquelas árvores anosas, grossos jequitibás e sangues-de-drago, projetavam pela encosta uma sombra larga e recuperadora como um perdão.

— Vou partindo, que daqui a casa tem uma légua; — e foi saindo em busca das esporas.

D. Luzia disse-lhe:

— Pois não quer o compadre ficar hoje!

— Não, senhora; preciso de despachar a tropa amanhã com um carregamento de toucinho. — E virando-se para Frederico perguntou-lhe pelo cavalo.

— Não posso ir hoje, amigo e sr. *Deus*; fico para caçar pacas com o sr. Juca. — E retirou-se assobiando com a moleza de um poltrão.

— A comadre deve estar aborrecida comigo?

— Não! mas por que o compadre pergunta?

— Ora, pois *este homem* fica aqui de invernada! — E encolhendo os ombros aumentou o volume dos beiços.

— Não, meu compadre, não me aborrece a estada do sr. Frederico: dá-me até prazer.

Frederico ouviu, mas achou prudente fazer ouvido de mercador.

— Queria ainda dizer-lhe duas palavras minha comadre.

— Pois queira entrar, — disse ela conduzindo-o para dentro.

Na entonação da voz de d. Luzia havia um quê que era de amargo e irônico para o Zé de Deus.

— Vai, vai, pícaro desavergonhado! — rosnou Frederico.

Neste tempo Frederico começava de *resolver na mente as altas ideias* de realizar seus sonhos ridentes, casando-se com a viúva rica. Lembrava-se de Fantina, da Amélia e de outras mulatas da fazenda. Dias mansos e rosados enlaçavam-se cantando no horizonte de seus dias futuros como um alegre bando de tuins sobre a cúpula do jacatiá coberto de flores azuis.

— Nhenhá está lhe chamando cá pra dentro, — disse Fantina.

Ele olhou-a, quis chamar; mas ela voltou rápida como o burro que espanta-se da folha da imbaúba caída no meio do caminho.

XII

A porteira bateu: era o Zé de Deus que partia lançando a maldição sobre aquela casa de *porcos* e de *cabras*.

— Isto está para ficar um bordel! atrás *dela* as mulatas! — dizia o Zé de Deus lembrando-se de que ele é que havia trazido o *cravo*; e mordia os beiços furiosamente. Em caminho chegou a chorar. Apeou na descida dum morro para urinar, e o burro que era *inteiro* correu atrás de umas éguas pela capoeira dentro.

— Vai diabo! além de *tudo* inda guizos!

Correu muito atrás do macho, e já suado e cheio de lama dos brejos onde passou, sempre conseguiu pegar o animal. Cortou um pé de tucum e pôs-se a esbordoar o inocente burro. O animal corcoveava, mas ele firme como um esteio, e segurando-o pelas orelhas, bradava descompassadamente:

— Sossega, diabo! que juízo poderás ter mais do que eu; força, não!

E dava bordoadas.

— Que é isso, seu Zé de Deus? — disse Daniel chegando.

— Até o senhor, homem? Venho desesperado com aquele ninho de safados e *este Frederico* ainda correu atrás daquelas Luzias! Não voltarei aqui. Aquele sujeito que lá ficou é um precipício. Casar-se-á com a comadre, e eu, que tanto a servi, que fui até arrieiro da sua tropa, fico esquecido!!

E disparou em tal berreiro, que parecia um pequeno burguês pedindo ao pai que lhe ponha mais farinha na cuia do leite, por de manhã. Daniel que estava com um pé fora do estribo, e um pouco torto sobre o lombilho, disse-lhe:

— Qual, ô seu Zé de Deus, d. Luzia não se casará com *ele*; porque não sabe quem ele seja.

— Quê! o senhor está muito atrasado! E ela é *velha*, mas come muito lombo de porco, muito vatapá, que aprendeu a fazer com a Teresa baiana; bebe bom vinho, do Porto... e... depois fica como uma cadelinha em mês de agosto. Está doida por um rapaz. É o que ela quer. E ele, Daniel, o diabo que andava perdido lá por onde Judas perdeu a bota, irá pôr tudo fora! — E apontava num gesto rasgado para as florestas seculares que rodeavam o ventre dos araxás.

— Mas, seu Zé de Deus, o Juca não há de consentir, porque o *homem* é desconhecido e muito bandalho. Se ela soubesse o que ele fez na noite da festa do Divino, em casa da Manoela, com uma súcia de *marchadeiras*,[4] o Juca e ela não quereriam.

— Mas como foi o caso? — perguntou o Zé de Deus abrindo muito os olhos.

— Eu lhe conto. Havia muitos dias que *ele* ia à casa das sujeitas, e depois do *castelo* queimado ajuntou-se lá com o Tonico da Sombra, o Antônio Caetano e outros. O senhor sabe... e muitas mulheres da roça que tinham vindo ver a festa, também se achavam lá. Seu Frederico *pintou*! Agarrou num *pinho* e fez bravuras... Cantando, dando umbigadas de rechar,[5] e sapateando, berrava o

> *Eu pus o meu boi na serra*
> *E virou vaca parida;*
> *Agora nem boi nem vaca,*
> *Nem com que trate da vida.*

Cantarolou muito... e deu até abraço em mulheres casadas!

E benzia-se o Daniel, engradando a cara com meia dúzia de cruzes.

— Seu Zé de Deus, *ele* chegou a apostar com o Lino — o trovador — e levou o velho à parede. Na hora em que estava o cateretê para acabar o Frederico chegou a apagar as luzes com o chapéu, entornando azeite nos outros homens e gritando danadamente:

> *Aqui vendo azeite,*
> *Lá vendo sabão:*
> *E tu falas comigo,*
> *Seu gato ladrão?*

— Chegou a quebrar a viola, e finalmente escaramuçou até as *marchadeiras*, que estavam já bêbedas.

O Zé de Deus ouviu tudo sem nada dizer, de boca aberta, quase estúpido.

— É assim — acrescentou Daniel — se d. Luzia souber não há de querer casar-se com um homem tão pândego. E no mais até amanhã, que está ficando noite e escura como breu.

E pondo as *chilenas* no rotundo ventre da égua, sumiu a galope levantando uma nuvem de poeira.

XIII

— O Zé de Deus esteve a noite sem poder dormir, ansiado, muito calor — dizia.

Alevantou-se, abriu a porta do quarto que dava para uma varandinha.

Umas cangalhas que à tarde foram atalhadas, ali estavam derramando no ar um cheiro relentado, nauseabundo. Voltou, fechou a porta e atirou-se sobre uma esteira, no chão.

— Que não aguento este calor das caldeiras do inferno! Antes no meu Portugal lavando latrinas, como um sapo. O maldito vinho foi demais, e o vatapá também.

As pulgas que começaram a mordê-lo, o calor, o cheiro irritante das cangalhas ainda úmidas do sangue das mataduras e do suor, faziam-no desesperar.

— Te arrenego, diabo; que isto já parece praga do Frederico, que tantas bananas me comeu.

E coçando com grandes arranhões as costas onde as pulgas mordiam, gritava:

— O ladrão, o Frederico! dormindo talvez no meio *delas*!

A Margarida acordou estremunhada com aqueles gritos no quarto vizinho, e mesmo em fraldas de camisa, com muitos bocejos, veio bater à porta do quarto do *seu homem*, segundo dizia.

— Empurra, que está sem taramela!

— Que é isto, seu Zé?

— Ora que é isto?

— Não é por mal que eu pergunto. Estava dormindo e acordei com seus gritos: pensei que me chamava e vim.

— Você veio, fazer o quê? Só se carregar na saia de baeta as pulgas que estão me devorando.

— Não senhor, eu, o senhor sabe, não uso de saia de baeta.

— Está um inferno esta casa: pulgas, catinga de cangalhas, calor, raiva, e por outro lado ainda você, Margarida? Veja se abre a janela, talvez o sereno melhore isto.

Ela levantou-se, e apalpando no escuro foi esbarrar nele.

— Oh! você está cega? que coisa!

— Pois está tão escuro!!

Ele concluiu dizendo, que quando ela vinha procurá-lo à calada da noite, sem ele ter chamado, nunca se esbarrou.

Um ar fresco e mole encheu o quarto, que abafava. Então ele aspirou largamente, e quis dormir no colo de Margarida.

— Que é isto, seu Zé?

— Não é nada, não é nada.

Ela assentada, encostada à parede, com as pernas enforquilhadas, fazia travesseiro para o seu Zé, que roncava muito, com a cabeça apoiada francamente, no seu largo ventre.

De muito mau jeito, ela foi estendendo as pernas até tê-lo bem aconchegado. Mexia as costas de encontro à parede procurando coçar as pulgas, e via o *seu homem* bulir com os pés. Punha a mão nele e ia esfregando-o da cabeça aos pés.

Uma vaca no campo, depois que o bezerro acaba de mamar, não o lambe tão bem como Margarida esfregava as pulgas do seu Zé.

XIV

Às cinco horas da manhã já se viam bestas amarradas três a três ao redor das estacas, e silenciosamente com um ar meditabundo olhavam para os grandes balaios, como estudantes que não sabem o ponto. Estava almoçando quando Margarida veio dizer-lhe que o Daniel se achava lá fora. Um rapaz, muito cedo, indo ao pasto, passou por casa de Daniel e contou-lhe que vinha do Ingazeiro, e que o *homem* não queria sair. Daniel perguntou particularidades e só pôde saber que d. Luzia casava-se. Frederico estava de olho na Fantina. Esta última notícia feriu a Daniel.

O Zé de Deus ciente disto, mastigava um duro pedaço de carne, tão duro como o problema que pretendia resolver.

— Eu quero ver, seu Zé de Deus, se com o senhor arranjo o resto do dinheiro para tirar a Fantina, d. Luzia pede dois contos para passar a carta de liberdade, e eu já tenho um conto e pouco.

— É muito ouro, Daniel! — disse o Zé de Deus limpando a boca na manga da camisa. — O melhor era você deixar disso. A rapariga não tem nada; a senhora nada lhe dará — você também não tem... Agora se você gosta mesmo muito dela, por que não arranja um meio de vê-la todas as noites?

— Seu Zé de Deus, eu gosto muito dela; fomos criados juntos. Ela é boa, muito bem-procedida, e me estima de uma maneira, que só Deus sabe. — E deixava ver duas grossas lágrimas apontando nos olhos. — É uma perdição uma coisa assim.

Há quatro anos que ajunto dinheiro: vendo uma eguinha, uns carros de milho, e tudo ponho em suas mãos. O senhor bem sabe.

— Você tem feito muito sacrifício, Daniel; mas ela nada tem, e o dinheiro... e hoje o dinheiro... Primeiro *isto* — e esfregando o polegar no indicador, concluía que depois Cristo. — É com quem me arranjo; todos vêm aqui à porta do Zé de Deus... — E dava uma risada feliz, onde o amor da avareza tinha um timbre argentino. — Chamam-me miserável, porco; porque não encho a barriga deles, e ando com um paletó que veio de Portugal comigo, e no qual o Chico da Libânia pôs dez botões, o ano passado. Custou-me três mil-réis fortes, bem me lembro. — Levantou-se, desceu a escada e pôs a bigorna entre as pedras e pegando no martelo começou de *tarracar* cravos; que o burro atrás das éguas do Ingazeiro perdera duas ferraduras — dizia.

Daniel encostado ao corrimão da escada pedia-lhe conselhos. Ele dizia que furtasse a rapariga e fosse para bem longe; que ela era clara, bonita e bem-educada, por isso ninguém a tomaria por escrava fugida.

Daniel alegava não furtá-la, porque ela negava-se a isso, por amizade a d. Luzia, que muito a queria. Não ia vê-la todas as noites, porque queria-a para sua mulher, queria ser marido.

— Então deixa disso; — e batia nos cravos com marteladas de um ciclope.

— Seu Zé de Deus, é uma coisa esquisita que eu sinto por aquela rapariga: vou trabalhar e fico com ela adiante dos olhos;

vou dormir, sonho com ela ao canto da cama sendo furtada por uns negros horríveis, que arrombam a parede; então dou tiros, ouço-a gritando que acuda... Acordo suado, aflito, com a boca margosa. Acho que é feitiço. Minha mãe falou ao vigário a este respeito, e ele disse que eu furtasse Fantina e levasse para casa dele, e que depois dela estar lá escondida uns vinte dias, nos casaria. Mas eu (Deus me perdoe, e benzia-se) tenho medo desse padre me pôr a perder. Ele é italiano, e esses padres têm até roubado mulheres casadas, como a do Luiz Ferreira, que o senhor conheceu muito bem. Enfim, está o diabo, seu Zé de Deus.

— E tudo eu arranjaria, Daniel, se d. Luzia não se casasse com *ele*. Se eu fosse o preferido como desejava, casava você com Fantina no mesmo dia, e ainda dava um dote.

Daniel muito calado enxugava as lágrimas com a manga do gibão de lã azul.

— Sabe o que mais? — disse o Zé de Deus, e olhou para Daniel com olhos tigrinos. — Vou atrapalhar o casamento intrigando o Frederico. Escrevo à comadre uma carta contando a pândega da cidade na noite da festa do Divino, e ela o põe para fora de casa.

Daniel que conhecia o caráter de d. Luzia, sorriu achando falível a alavanca com que o Zé de Deus tentava mover o *mundo* de Frederico.

Depois propôs a Daniel o assassinato de Frederico, e como ele se negasse, o Zé de Deus encaminhou-se pra o quarto, com o fim de escrever a carta.

XV

Naquela noite em que o Zé de Deus lançou muito pau de envolta com excomunhões sobre o burro, chegou ao Ingazeiro o Teixeira, muito amigo da casa. Estavam de prosa na sala quando o recém-chegado perguntou pelo truque; pois que desde as fogueiras de S. Pedro até aquele dia não pegava em cartas. D. Luzia disse-lhe que podiam jogar, estavam a conta certa. Daí a pouco entrou Fantina muito alegrezinha, com o cabelo solto, formando canudos pelos ombros, um roupão branco abotoado pela frente, e estendeu em uma mesa pequena o damasco.

— Bom — disse o Teixeira — tiremos a sorte.

D. Luzia viu os olhos de Frederico mordendo-lhe as formas do seio farto de carnes lautas, e sorriu.

— Vou eu jogar com o Juca e a sra. comadre com o *comendador* Frederico, — bradou o Teixeira baralhando.

Não demorou muito e a voz do apaixonado do truque reboava pelo interior da casa.

Frederico em frente de d. Luzia achava-a *sofrível* nessa noite.

E, na verdade, o pó de arroz que sombreava-lhe a pele clara, tinha um tom macio; um verniz muito mole no cabelo, certa intumescência nos lábios vermelhos e redondos, o seio com traços escorreitos, formavam um todo prometedor.

O cheiro de *la vanille*, muito doce e subtil, que saturava o roupão solferino que ela trajava, produzia em Frederico certos alcantis concupiscentes. O calor abafava; a luz do grande candeeiro de latão que pendia do meio da sala derramava nas paredes caiadas de branco, com pequenos barrados pelos extremos, uma cor cheia de tonalidades mordentes. Sem sentir d. Luzia tocou no pé de Frederico com a ponta do sapatinho de marroquim, de biqueiras de verniz.

Frederico a esta prova de amor, atordoou-se. Esqueceu-se das cartas e instintivamente dizia:

— Truco.

Dando uma forte punhada na mesa o Teixeira bradou:

— Seis, jogador!

E Frederico perdia.

Então uma gargalhada chocarreira saracoteava pelos vastos corredores fazendo com que as mulatas que bordavam crivos ao redor de um mancebo de azeite, dessem cotoveladas umas nas outras.

XVI

Às onze horas já a lua aparecia, e caindo dos telhados a grande sombra recortada formava no terreiro limpo uma figura semelhante a uma enorme mantilha.

Aquela pacatez do ermo era, aqui e acolá, quebrada pelo latir sonolento de um cão que enrodilhado, aproveitava o calor das cinzas onde as negras assaram batatas, à porta das senzalas. Fantina ainda estava acordada. Morava em um quarto que comunicava com o de d. Luzia. Ela e mais três mulatinhas, mexiam na cama a noite inteira. Tinham desejos de passear, de fugir; mas a intervenção de Fantina as sossegava.

Virada para o canto, com muito calor, passando a mão pelo corpo umedecido, Fantina ia arredando os lençóis, e dando rédeas à imaginação tropical; sempre fantasiosa, começava de ver Daniel, moreno, magro, de uma magreza simpática, com um leve buço, que parecia o feltrozito do pêssego sazonado; e nitidamente sentia-o ao seu lado; e então, irritada, arquejante, dava no travesseiro beijos voluptuosos, profundos, de uma mordacidade abrasadora. Sozinha, sentindo o sangue mestiço correr-lhe pelas veias com a velocidade de Mazepa, ela chorava a sorte de escrava que a separava dos braços de Daniel.

E nestas tribulações dormia sufocada por mil desencontrados desejos. Empurrando, beliscando, apertando as outras três companheiras, elas lembravam-se dos caixeiros que nos encontros na igreja disseram-lhes palavras novas, cheirando a coisas curiosas; e do Vida, no qual um sapateiro dera *pelotadas* de bodoque, nos fundos da horta.

XVII

Ao outro dia cedo Frederico abriu a janela do quarto para gozar o ar fresco de uma ridente manhã. Vendo correr lá embaixo um pedaço do rio que movia-se em uma cantilena melancólica, Frederico admirava parvamente a fumaça que adelgaçando-se em capuchos de algodão do cume de um monte, parecia partir do cachimbo de um piaga sentado à porta da taba. Achava boa e bonita a posição da *sua* fazenda. O céu de um azul muito lavado, com certos acidentes, dava ao dia um aspecto jovial e protetor. Não demorou, apareceu Rosa com o café. O seu primeiro cuidado foi perguntar por d. Luzia, como ela havia passado a noite, se tinha dormido bem. Rosa mostrava os seus dentes aguçados circulando umas gengivas pálidas, e respondia com bom humor, um pouco envergonhada.

— Então, tia Rosa, as mucamas como vão?

— Estão agora molhando o jardim?

— Boas peças, não tia Rosa?

— Eu não sei senhor...

Bebendo o último gole foi pondo a mão no bolso e deu uma moeda de cinco tostões, muito loira, luzidia como uma esperança no berço.

A rapariga agradeceu com muitos *Deuses lhe ajudem*.

Com o cigarro na boca Frederico passou à varanda querendo ver o jardim. Ouviu umas risadinhas atrás do paiol, e concluiu que seria por lá. Pouco depois apareceu d. Luzia para dar-lhe os bons-dias.

Depois dos primeiros cumprimentos ele disse:

— Bonita árvore aquela; — e apontou para os lados do paiol.

— É verdade, é um angico.

— Ah! suponho até ser medicinal.

— Faz-se, pois não, um bom xarope para o peito; e querendo vamos até lá.

— Gosto muito de um jardim bem cultivado; — disse ele acariciando os bigodes.

Logo que passaram o portão que dava entrada na horta ouviram uns gritozinhos aqui, outros ali. Eram as mulatinhas que jogavam água umas nas outras com o regador de repuxo.

— Que é isto, gente? — disse d. Luzia.

Umas ouvindo a voz da senhora puseram-se quietas; outras encolhidas atrás das árvores vieram chegando manso e manso para junto da nhenhá. D. Luzia era caprichosa a respeito da quinta. Fora casada com um homem que começou a fortuna por meio da botica. Foi muito acreditado; depois de casado, rico e afazendado, inda curava por favor.

Dispensou as drogas da farmácia e plantou na quinta ervas e árvores medicinais. D. Luzia com essa prática continuava zelosamente o plantio e tratamento.

Aplicava, também, em certos casos: nos escravos e nos agregados da fazenda.

— Bonitos amores-perfeitos!

Que não estavam bons em razão do tempo; e deu-lhe um.

— Agradecido! — E fez uma cortesia tão acentuada que provocou o riso das mulatinhas que os seguiam de perto.

D. Luzia mandou as mucamas apanhar frutas.

A esta ordem as mulatinhas desapareceram e daí a pouco ouvia-se um chilrear vivo lá onde a árvore balançava a coma com o movimento que elas faziam descendo e subindo. Frederico teve ímpetos de ir ver marmotas debaixo da árvore onde reinava a folia.

Um sol muito brilhante, rompendo as nuvens da manhã, dava uma claridade lisa e larga como um pregão em hasta pública.

E o ar muito sereno e úmido, embebedado do perfume das flores, fazia sobressair no aspecto franco da fazenda, uma felicidade legendária.

Foram andando para o lado onde estavam as árvores plantadas pelo defunto marido; e sobre uma e outra ela ia dizendo particularidades.

XVIII

Fantina indo para a casa levar as frutas, viu Daniel debruçado na varanda. Depois de guardar o cesto no armário chegou à varanda e disse a ele:

— Tão cedo, hoje?

Ele voltando-se prendeu-a nos braços.

— Oh! Fantina, cedo para ver-te? — E beijocavam-se. Ela dizia estar aflita pelo dia de possuí-lo. Sonhava muito com ele, dizia. E o Daniel chorava, enquanto ela o acompanhava limpando as lágrimas, umas grandes lágrimas de gratidão.

— Com que fim veio você hoje aqui?

— Trazer uma carta do Zé de Deus a d. Luzia. E as cousas não andam boas... — E sacudia a cabeça desconsoladamente. — Tua senhora quer casar-se com o *homem*, e o Zé de Deus e todos não querem, porque ele é um perdido, sem eira nem beira.

Fantina escutava aquilo com muita admiração, porque supunha que as pretensões de Frederico não fossem tão longe.

— Pois é assim, — e passava a mão pelo rosário de ouro que enrolava o pescoço dela, — é assim... quando o Zé de Deus saiu daqui foi danado, porque pedindo d. Luzia em casamento, ela riu-se muito e não deu resposta.

— Deveras? — disse Fantina abrindo muito os dous grandes olhos, que brilharam como jaboticabas maduras.

— Está o diabo — dizia Daniel —, porque nós vamos ficando de pior partido. Abra os olhos com ele... que senão...

Fantina tinha o olhar baixo e chorava. Um gato dando com uma xícara no chão, lá na sala de jantar, os fez separarem-se.

XIX

D. Luzia procurava o lugar mais cerrado da quinta: queria o recolhimento, o silêncio protetor. Ela parada em um lugar pouco elevado falava das árvores medicinais e dizia as propriedades.

Aquela de folhas lanceoladas e flores pediceladas é a bicuíba, muito boa no tratamento das feridas e úlceras.

Falou do camarajuba, muito empregado em infusões peitorais; da caacica, de ramos rasteiros e pubescentes, de flores dispostas em racimos compostos, muito usado o leite que possui para curar as úlceras sifilíticas, do imbiru, cheio de raízes tuberosas, folhas oblongo-lanceoladas, empregado em banhos nas dores reumáticas, e o suco dos frutos maduros nas dores de ouvido, do ipeúva, da família das bignoniáceas, usadas como antissifilíticos e depurativos; do jaborandi, de ramos sarmentosos enquanto novos, e glabros quando antigos, de flores hermafroditas e frutos aquênio-ovais, cercados na base pelo resto dos filetes, coroado de estigmas, e muito usado externamente contra picadas de cobras venenosas, e a raiz mastiga-se contra dores de dentes; do jeticuçu, de folhas mucronuladas e flores solitárias pedunculadas e raízes lactescentes, aconselhado para purgantes nos animais; do colossal jequitibá, cuja casca é um forte adstringente usado nas diarreias; da jubeba, aplicada contra o catarro da bexiga;

do camaru, muito narcótico e revolutivo e diurético; do aguaraciunha-açu, de folhas decorrentes sobre o pecíolo, cheirando a estramônio, empregado nas afecções cutâneas; da canjabá, de folhas onduladas, que usada em pequenas doses atua eficazmente sobre o sistema linfático, e em maior é purgativa e emenagoga; do taiuiá, de folhas ásperas e raízes sem tuberosidades, muito bom contra as febres pútridas, e particularmente contra a sífilis. Encareceu muito a jurema, como eficaz nas leucorreias. De caminho para casa ela raspou a casca de um sassafrás e disse ser o seu remédio para o estômago. E continuou dizendo que quase nunca chamava médico para os negros; pois que aplicava e era bem feliz. Contou que dous rapazes que estavam doentes, muito fulos, de gengivas brancas, palpitações e flacidez nos músculos, foram curados, havia pouco. Ela dizia ter percebido logo que sofriam opilação, e aplicou-lhes ferro, e alimentou-os quase exclusivamente a sangue de boi. E fazendo um gestozinho rasgado à guisa de estudante de medicina, sorriu-se. Frederico pasmava-se diante de tanta sabedoria.

Uma vez, na cidade, fez sucesso uma frase sua, em que falava de *amorose* e *anemias*; e o Zé de Deus sublinhou-a muitas vezes, afirmando que esses conhecimentos foram apanhados do marido, e dos seus livros, que apesar de serem franceses, ela os entendia, porque fora educada nas irmãs de caridade.

xx

Estavam os dous à mesa do almoço quando Fantina entrou com a carta do Zé de Deus. Mastigando um pedacinho de frango, ela foi abrindo a carta e começou a ler. A paixão pelo rapaz que lhe caiu do olho fazia-a descrente; por isso dando uma risada frescalhona disse a Frederico:

— Já viu o que aquele compadre das dúzias fala do senhor?

— Não; — disse Frederico, percebendo a enleada.

— Eu leio. Vejam só até onde vai a insolência. — E começou a leitura da carta nos seguintes termos:

Ilustríssima minha respeitável comadre, senhora d. Luzia Ferreira da Silva.

Que minha comadre e toda família que habita o Ingazeiro tenham passado bem, é o que de coração desejo.

Minha comadre, o negócio cuja importância me obrigou a dizer-lhe a presente, é magno! isso juro pelas cinzas do mestre que me ensinou a ler e escrever, sem o que seria um burro.

Frederico ria torcendo o bigode violentamente e cravava os olhos no semblante de d. Luzia.

Como minha comadre sabe, eu quando vinha de Sorocaba com a mulada, encontrei no arraial do Rabicho um homem que me fez certo serviço, que não posso deixar de reconhecer; mas esse mesmo homem é o sr. Frederico que mora em sua fazenda. Eu não sou homem interesseiro. Quero é fazer com que a comadre fique com a pulga atrás da orelha; porque outro dia nada lhe convenceu. Hoje, porém, em vista do que vou contar, ninguém duvidará da verdade. A comadre me refusou para marido — o que nunca esperei — porque sou um homem solteiro. E isto só para gostar do sr. Frederico, que não tem haveres, como eu, e é um desconhecido. Este sr. Frederico é jogador e barganhista; aqui mesmo ele já passou uma manta no José da Trindade, ficando com quatro éguas por um burro velho e manhoso, e também já ganhou cinquenta mil-réis do Sancho da venda.

Na noite da festa do Divino esse senhor *pintou o sete e rebocou o Simão!*

Fugiu de sua casa, minha comadre, lá pelos fundos, de noite, e esteve num cateretê à rua do Carvão com umas perdidas. Tocou viola como um bêbado, deu muitas umbigadas e cantou coisas porcas. O Chico Valamier saiu furioso porque ele botou uns versos sujos numa mulher casada de poucos dias. Sapateou na sala com muito barulho, dando castanholas e berrando:

Cachorrinho está latindo
Lá atrás do limoeiro;
Cala a boca, cachorrinho,
Não sejas mexeriqueiro.

D. Luzia parou um pouco, vermelha e despeitada; olhou para Frederico que estava desapontado e com um sorriso estúpido morrendo no canto da boca.

— Está vendo que homem?

— Ele é um doido, minha senhora; estava ébrio quando escreveu. O diabo supôs os outros por si, mas tudo eu deixo para a senhora julgar.

— Ah! — fez d. Luzia perturbada; — eu não faço essa ideia do senhor, Deus me livre; tudo é falso. Ele teve o desaforo de pedir-me a mim em casamento e eu respondi-lhe com uma risada, por isso enfureceu-se. Esta é a causa.

— Inda bem que com a senhora os intrigantes não tiram palhinha.

— Decerto.

E limpando muito a garganta continuou a leitura:

Deu bordoadas em muitos, escaramuçou o resto; apagou as velas de sebo e ficou no escuro com as quatro marchadeiras daquela rua.

Um homem deste jaez não lhe serve porque desmoralizou-se em poucos dias.

D. Luzia esteve um pouco no ar; mas os desejos, o amor que sentia pela musculatura atlética de Frederico faziam com que pendesse o seu ânimo para o amante acusado e se enraivecesse contra o Zé de Deus.

Depois chamou Fantina e perguntou quem fora o portador da carta. D. Luzia sabendo ser Daniel ordenou a Fantina que o mandasse entrar.

— Nhenhá está chamando, Daniel.

— Para que diabo será?

— Não sei; ela perguntou-me quem era o portador e eu disse.

— Estão com muita raiva do Zé de Deus?

— Não. Leram a carta e até riram.

— Pois olha que aquela carta tem *coisa*!

E entraram.

D. Luzia palitando os dentes mostrou a Daniel uma cadeira.

— Então, que foi que entrou na cabeça daquele homem, Daniel?

— Eu nada sei, madrinha; fui o portador porque vinha para aqui.

Daniel interiormente gostava dos ataques contra Frederico; mas em vista das risadinhas de d. Luzia e das chalaças de Frederico, descoroçoou.

D. Luzia nada deixou de dizer, e mostrou que o compadre era um grande miserável. Um homem bárbaro para os escravos, que viviam famintos, leprosos e mulambentos. Prendia-os no tronco por furtarem uma rapadura. Punha gancho neles, algemas e batia muito.

Chegava a pontos, dizia d. Luzia admirada, de mandar amarrar uma crioula no cabeçalho de um carro, pô-la deitada de bruços, com as pernas unidas e presas; os braços passados por baixo e nua. Ainda mais, à vista dos negros mandava o feitor dar com um molho de taquara-quicé nas nádegas que em poucos minutos dissolviam-se. Aliviada esta cena, ouviam-se outros gritos. Era o Zé de Deus, em pessoa que num canto do terreiro mexia em um formigueiro de *lava-pés* e fazia uma crioulinha, às vezes de quatorze anos, sentar com as saias levantadas sobre o formigueiro assanhado.

— É um monstro, d. Luzia; — falava Frederico muito convicto.

D. Luzia continuando a narrativa sobre o Zé de Deus, disse, que ele possuía dois munjolos que socavam sabugos de milho; e que tendo grande laranjal, alimentava os negros três, quatro meses com angu e laranjas.

O próprio Zé de Deus é que tomava conta das chaves, e recebendo o fubá do milho e do sabugo, fazia angu deste e vendia aquele.

— De um homem que lambe o beiço das negras em dias de moagem para ver se elas chuparam canas, nada merece crédito.

— Decerto, — concluía Frederico.

XXI

Vieram passar a tarde na varanda da frente, onde o sol deixara um calor morno, que ia desaparecendo com a viração macia e fresca que subia do rio, e punha uns frêmitos aveludados entre as alegres folhas da gamibira, que bracejava aos lados das paredes. Aí conversavam muito. Frederico animado pela liberdade que d. Luzia lhe dava, pôde dizer palavrinhas *quebradas*. A noite encontrou-os ainda na varanda.

A claridade das fogueiras que as negras começavam de acender à porta das senzalas punha no ferro das enxadas amontoadas a um canto cintilações cruas.

A espaços saía lá dos fundos de uma senzala a voz dolente do africano que chorava as liberdades doces do Congo; e essas cantilenas selvagens eram de uma sonoridade fantástica. Quando os sons do rude instrumento perdiam-se nas trevas, a Joaquininha soltava do teclado do piano as notas mugidoras do *Real tambor*. A frescura do ar da noite embalsamada, os cantares do preto que chorava saudades d'além-mar, e o prelúdio que o piano já soltava das magnéticas notas da *Batalha de Marengo*, provocavam desejos infindos, azuis, no peito de d. Luzia, que suspirava.

Conversaram sobre o casamento e marcaram o dia.

Frederico animado pelo próximo poderio expandiu-se em protestos de fervoroso amor. Seu semblante iluminado pelos fogos de uma alegria sã e feliz, prometia a d. Luzia gozos dormentes, de uma animalidade absorvente.

D. Luzia estava como um vampiro saído do oco de um pau onde estivera preso por dias longos, expiatórios; ao passo que pela imaginação ardente de Frederico passava a figura alegre, moça e jovial de Fantina, cada vez mais atraente e arrebatadora. Lá ao longe, num horizonte calmo e rosado tremeluzia uma estrelinha de afago e mansidão, que Frederico submeteria ao menor aceno da autoridade de *senhor*, que em breve ele seria.

XXII

Daniel estirado sobre uma esteira roída que ocultava umas taboas carunchosas pensava com receios tétricos no enlace da sua madrinha com Frederico.

Fantina sempre boa, cheia de medos, desde meninos quando brincavam o *tempo-será* e ela não entrava nas furnas que ele abria nos montes de palha; lhe aparecia com o semblante pisado, os olhos chorosos e o corpo mordido dos herpes das sensualidades brutais. Chorava diante dele e acusava-o de não tê-la furtado. E ele mordendo os punhos amaldiçoava a religião que o conteve. Depois chovia gritos, ais prolongados, gemidos pungentes, e o estalar do relho dilacerando as carnes que ele desejava morrer mordendo. Ela nas vascas da agonia infamante, que acabrunha, chamava-o; e ele preso, longe, não a podia salvar. Daniel levantava esfregando os olhos e perguntava à sua velha mãe que cousa seria aquela de estar sonhando acordado. A boa velha com um timãozinho de baeta azul ao ombro, com o fuso cheio de linha nas mãos, dizia-lhe que a causa era ter se deitado depois do jantar; e que não caísse noutra, porque o defunto marido da sua comadre, o Silva, que Deus houvesse nos reinos do céu, já lhe falava que era mau costume aquele.

Chegava depois o Feliciano, seu vizinho, e pedia a viola, e sentados à soleira da porta afinavam o instrumento.

O Feliciano passava por aquelas redondezas como o primeiro *pontista*; fazia da viola o que queria. Outros vizinhos vindos da roça acendiam os cigarros e falavam dos caititus que destroçavam o milho.

— Pode acompanhar uma coisinha, tio Feliciano? — perguntou um truculento caboclo.

— Pois não, filho.

E correndo os dedos pelo *pinho*, este chorava como compreendendo a vibração que o velho sentia quando o encostava bem ao peito. O caboclo limpando a goela prometeu cantar um *jongo* que aprendera com um tropeiro do Norte.

Daí a pouco uma voz forte, de barítono, ia de vale em vale acordando os ecos adormecidos no regaço das viridentes ramarias. A viola trinava soltando harmonias irritantes, de um trêmulo cheio de sentimentalidades pagãs.

Depois de diversos cantos e conceitos lorpas, repletos de desejos de cachaça e de mulheres em *sambas* livres, ouviam-se em voz cadenciada os versos da *Orgia dos duendes* de Bernardo Guimarães.

XXIII

O grande relógio da sala de jantar marcava onze horas.

D. Luzia no seu escritório, onde havia ainda muitos frascos de remédio do tempo do Silva, escrevia cartas aos amigos convidando para o casamento. A liberdade entre os dous, a este tempo, já era grande. Por isso enquanto d. Luzia traçava sobre o papel bordado, muito flácido, as letrinhas finas, Frederico fumando remexia na estante que era a biblioteca da casa. Ele que só cursara as primeiras letras não conhecia mais do que algumas obras recheadas de obscenidades nuas. Procurava alguma *martinhada*; mas abria um livro, era *A certeza do fim próximo do mundo, baseada sobre considerações filosóficas e bulas de muitos soberanos pontífices, bem como sobre o testemunho de S. Vicente Ferrer, e sobre os sinais dos tempos em que vivemos, — resposta a uma carta dum cura de província relativa a essa questão, pelo abade Marquy, tradução do Pimentel*. Abria outro, era a *Direção para sossegar em suas dúvidas as almas timoratas, pelo venerando Quadrupani*. Tirava um mais escondido, roído das traças e cheio de pó, e era *A mulher como deveria sê-lo, pelo reverendo Marchal*. Já nervoso atirava-o no meio dos outros com força. Dava uma volta pelo quarto, vinha ver outro; era *Fabíola ou A Igreja das catacumbas*. Ficou com raiva e deu um muxoxo alto.

D. Luzia virou-se e perguntou o que era.

— Não acho um livro, são todos de irmã de caridade.

E abanava a cabeça com ar enfastiado.

— Pois se não gosta desses, na última tábua há alguns folhetos curiosos.

Ele riu, e uma ideia luminosa passou-lhe pelo cérebro: pensou achar o *Elixir do pajé*, poemeto que só conhecia de tradição, mas que adorava. No primeiro que pegou encontrou o seguinte título: *Para que serve o papa?* Atirou-o para trás da estante. Viu ainda outro; era *A água benta no século XIX*, tudo do monsenhor Gaume.

— Nem o bispo terá tantos livros assim! — disse ele maçado.

D. Luzia olhou para ele com admiração, pois nunca lera outros livros. O *Jornal do Commercio* era a leitura mais ímpia que fazia.

Frederico pediu-lhe que continuasse a escrever. Debruçado no peitoril da janela ele olhava a fonte onde algumas mulatas batiam e ensaboavam roupa. De saias levantadas até acima dos joelhos elas mostravam ao sol o torneado macio das exuberâncias carnais.

Uma delas passando perto da Josefa deu-lhe uma palmada. A ofendida disse encolerizada:

— Viu passarinho verde, hoje?

E partiram todas numa gargalhada biltre, esfrangalhada. Frederico meio oculto no vão da janela apreciava aquelas graçolas canalhas, de um descaramento nu e imprudente; e lembrava-se dos tempos em que passeava seus desejos pelas *fontes*, esses bordéis ambulantes, onde à larga luz do sol se cometem imoralidades apopléticas.

Enquanto d. Luzia saiu para entregar as cartas ao rapaz que esperava na varanda, Frederico chegou à mesa e leu a carta que ficara aberta. Era endereçada a uma antiga colega, que vivia criando os afilhados de um cura.

A carta dizia:

Minha amiga Mariana.

Muito contente te escrevo esta. Junto de mim está tudo...

Convido-te para de hoje a quinze dias vires assistir o meu casamento com o sr. Frederico das Neves, moço de nobres qualidades e muito prendado.

E grifava esta palavra.

Dias de venturosa delícia estão reservados à tua Luzia!...

Não fazes ideia como estou alegre e aflita.

Não faltes.

Tua do coração. — Luzia.

Frederico estava passeando pelo quarto e julgava-se feliz lembrando de Fantina e suas companheiras. D. Luzia chegando perguntou-lhe se não tinha convites a fazer.

— Convidarei alguns amigos mesmo daqui. Não convido os de minha terra porque não chegariam a tempo: para eles o *envelope de mãos*; — e punha-as nas formas rituais.

D. Luzia ria-se, porque achava aquilo delicioso, celeste.

Da sala do jantar anunciaram o café. Entraram. Agora Frederico mesmo achava-a interessante. Uma *toilette* bem-arranjada a fazia elegante. E demais a alegria que banhava-lhe o semblante era meiga, atraente, com visos de puberdade. A Joaquininha olhava estas cenas revoltada. Queria, também, um marido, um homem para si.

— Mamãe já nos teve a nós todos; está velha, eu sim, preciso; — dizia ela consigo. E instintivamente abotoava o corpinho do vestido que velava duas pomazinhas semelhantes às ametades de uma melancia verde.

Tomou o café e safou-se. D. Luzia percebia a má cara da menina.

— Não está satisfeita; — dizia ela a Frederico.

— Arranjaremos o Antonico para ela.

— Mas ele anda tão impostor quando vem da Corte, que nem dá fé.

A hora era de intenso calor. O sol caindo muito a prumo feria as telhas que faiscavam. Nenhum sinal de chuva marcava o céu, que tinha agora o aspecto de um lago de metal em ebulição. Frederico começava a saborear pelos longos dias de estio o prelúdio da vida de um paxá, tendo aos pés a cativa dócil como a cera morna. Fantina chegou e pôs sobre a mesa os jornais vindos da cidade. Frederico só costumava ler o *Mercantil* muito enxovalhado que forrava o balcão de uma taverna lá no Rabicho, mas, para mostrar-se digno da elevada posição a que a fortuna o guindava, correria os olhos naqueles.

Com o *Jornal do Commercio* todo aberto, ele olhava indiferente para as longas colunas.

D. Luzia perguntou se não havia alguma notícia acerca do visconde do Rio Branco.

— Suponho que não; — disse ele um pouco atrapalhado com o tamanho do jornal e com a falta de prática.

Ela olhou de lado para o jornal e deixou cair esta admiração:

— Ó homem, está até no artigo de fundo!

Ele maquinalmente fixou a atenção no folhetim.

— Pode ler alto, que desejo muito saber de alguma nova.

Com voz pausada e lenta, ele começou:

— "Punham a chave no buraco da fechadura quando um guarda apitou. Ouviram-se batidos de tacões que avançavam para o lado onde o assobio chamava. Querendo pular o muro vizinho, um cão de fila ladrou furiosamente do lado de dentro..."

— Que diabo está o senhor a ler?

— Isto! — disse ele batendo na barra do jornal.

— Eu lhe pedi que lesse notícias do Rio Branco!

— Pois este Rocambole não é o mesmo?

— Ora, ora, o senhor!

E supondo que Frederico fizesse aquilo por chalaça, instou que lesse. Ao levantar os olhos sempre achou o artigo, com cuja leitura d. Luzia se enfureceu pois via a passagem da lei de 28 de setembro na Câmara dos Deputados. Blasfemou muito e deu razão a Frederico, dizendo que Rocambole valia mais do que o homem *que queria forrar o que não era seu.*

XXIV

Fantina chegando à sala falou em roupas. D. Luzia pedia licença a Frederico, dizendo ter de fazer uns arranjos.

Ali enrolando um cigarro ele olhava seriamente para um sabiá muito arrepiado que sacudia as asas dentro da gaiola.

Teve vontade de soltá-lo; achava-se tão feliz que queria ser generoso dando a liberdade àquele cantor que havia anos carpia na prisão os seus amores já emergidos nas sombras do ocaso.

Foi para o quarto e lá estirado na cama dizia estar quebrado do calor. D. Luzia no bulir em roupas de certo baú achou uma *Grã-Cruz do Hábito de S. Bento de Avis*, que fora do seu defunto marido, e mandou Fantina mostrá-la a Frederico. A mulatinha correu os olhos pela sala e vendo-a vazia, compreendeu logo que ele estava no quarto. Chegada à porta teve vergonha de bater, porque dentro o catre estalava.

— Dá licença? — disse ela meio aturdida.

Aquela voz vibrou na alma de Frederico como um fio de magnésio, e de um salto abriu a porta. Ele teve vontade de trancá-la, amordaçá-la com os lençóis se ela quisesse gritar, mas o medo deteve-o. O leão faminto escondido no juncal deixou passar a presa imbele e ficou chumbado ao chão. Nervoso, passeava pelo quarto os seus ódios contra os dias que faltavam. Frutos amadurecidos pendiam dos ramos; mas se ele fosse apanhar um, suspendiam-se todos. Praguejava contra o tique-taque monótono do relógio que parecia dar horas de século em século. Desejava o *conjugo-vos* como a matéria caótica o bíblico *fiat lux*.

Depois do jantar Frederico acompanhado do pajem Fortunato seguiu caminho da cidade cavalgando o palafrém de d. Luzia.

XXV

A tarde caía tristonha, e o ar doente da luz que morria despertava desejos de festas, de danças, de pândegas.

D. Luzia antes queria ter acompanhado Frederico à cidade.

O latido preguiçoso de um cão perto da porteira anunciou a chegada de Daniel. Fantina sentada no ângulo da varanda levantou-se logo que o viu. Estava com saudades dele e recordava-se dos sonhos que tivera durante as longas noites em que suas companheiras cabeceavam falando dos caixeiros e do Antonico. Quando Daniel subia a escada d. Luzia disse:

— Pode entrar, seu ingrato. Por onde tem andado tão sumido que ninguém lhe põe a pista?

— Por aí mesmo, madrinha.

Sob os olhares de d. Luzia nem a mão Daniel dava à Fantina.

Adeus Fantina, adeus seu Daniel, nisso cifravam-se as saudações.

— Vindo da cidade, madrinha, o Zé de Deus entregou-me esta carta para lhe dar.

D. Luzia admirou-se do compadre escrever-lhe depois das cenas passadas, mas foi logo rasgando o papel para ver o conteúdo.

Enquanto d. Luzia decifrava os hieroglifos do compadre, Daniel com olhos de coelho adormecido interrogava o semblante de Fantina que sorria-lhe.

Para Fantina o olhar de Daniel tinha um fluido doce que a punha num estado mórbido. Suas vistas desconfiadas de ciúme interrogavam os ricos contornos de Fantina acerca de Frederico. Procurava ler nas veiazinhas da mão dela quantas palpitações aquele coração que considerava feito de amor, alvorada e leite, tivera por ele, que a adorava com os ardores viris do sentimento acrisolado, e com os ímpetos céleres de uma carnalidade selvagem.

— O compadre Zé de Deus é um patusco; — disse d. Luzia rindo e pondo a carta sobre os joelhos.

Daniel achou prudente concordar, por isso, meneou a cabeça afirmativamente. O Zé de Deus derreteu-se na carta em pieguices de um sentimentalismo tolo; tinha porventura esperanças de suprir alguma falta.

Estava d. Luzia, pois, resolvida a convidá-lo. Queria vê-lo dançando o fandango na sala grande da fazenda em voltas bruscas como o cão envenenado com o pelo da taquara-quicé.

Sabendo que Daniel ia no dia seguinte ao Ribeirão, ela levantou-se e foi responder a carta. Fantina fez o mesmo; mas Daniel lançou-lhe um olhar tão magnético e suplicante que da porta, ela prometeu voltar.

Uns desejos dengues, cheios de calor, de beiços rubros, queriam junto de si a carinha fresca e tenra de Fantina.

Havia agora em Daniel uns pressentimentos vagos como os voos da gaivota por cima de um lago. Grande era o desejo de abraçá-la, beijá-la, e muito e todos os dias.

Logo que d. Luzia começou de escrever, Fantina, do vão da porta da sala, fez sinal para ele esperá-la na porta do quarto de Frederico. Assim como o gavião paira nas nuvens, desviando-se das fumaradas da queimada, e, tremente, colhe as asas e sibila no ar como uma bala, e vai alevantar nas unhas a magnetizada jararaca que fugia das chamas crepitantes, Daniel correu para o lugar indicado. Não tardou muito, Fantina apareceu toda medo, com o coração batendo muito, e caiu nos braços dele que cingiu-a ao peito como a jiboia que prende o inexperto novilho à beira das lagoas.

— Oh! Daniel, assim não! podem nos ver. Deixa-me por amor de Deus, — e empurrava-o.

Mas ele refreando-se, atando ao rochedo da razão os desejos doidos que o feriam, soltou-a, pedindo-lhe que abrisse os olhos com Frederico, que era homem perigoso. Um barulho de chaves lá dentro separou-os como um tiro num bando de pombos-trocais.

Já foi com a claridade da lua que se mostrava muito pálida, muito anêmica, que Daniel cavalgou pela estrada de sua casa.

D. Luzia voltou à varanda e distraída contemplava uma porção de crioulinhos que brincavam no terreiro. Com o pensamento concentrado naqueles *animais domésticos*, ela considerava a sua fortuna crescente, mas logo uma sombra negra como a desgraça a enlutava.

O nome de Rio Branco passou-lhe pela mente como um condenado de Dante. Tremia, fazia promessas ao *Senhor Bom Jesus de Matosinhos de Congonhas do Campo*, para que Rio Branco nunca realizasse sua ideia. Concorreria com vinte contos se alguém pudesse burlar o plano gigante.

D. Luzia foi educada no colégio de irmãs, mas não primava pela caridade; pois não se compadecia dos míseros párias condenados do berço ao suplício dos ganchos e das algemas.

XXVI

Tempos depois, em uma varanda ao lado da sala de jantar, via-se uma gamela cheia de comida. Ali reunidos, os crioulinhos comiam, e se acaso um *riobranco* gritava, o remédio era uma varada pelas costas. Sempre em fraldas de camisa os *riobrancos*, quando crioulos eram fulos, muito barrigudos, de pernas finas e cheios de monco. Para uso dos cativos d. Luzia tinha mais parcimônia no emprego das substâncias medicinais; porém os *riobrancos*, quando doentes, tomavam uma infusão de cachaça e carqueja, ou um purgante de jalapa, que repetido punha as crianças dum aspecto esquelético. De olhos fundos, boca transida, a planta dos pés cor de açafrão, tal era o tipo desses meninos. As lombrigas nos cativos eram curadas com santonina: nos outros aplicava-se uma massa de rapadura com mamona brava.

XXVII

Numa manhã d. Luzia acordou e pôs-se a pensar em Frederico.

Não dava crédito às intrigas do compadre; mas lembrava-se da cidade, da Silvéria, a do vestido cor de cana, com um penteado muito alto e cheirando a cravo; da Virgínia do Engrácio, que andava sempre nos passeios da tarde, de vestidos de ganga, muito engomados, e que no andar produzia um *rou-rou* incomodativo, de arrepiar a carne. Nessa mesma manhã Frederico acordou com o rumor cheio que invadia a fazenda. Perguntou à Rosa quando lhe levou o café muita coisa de Fantina e do tal Daniel. Soube o que havia entre os dois e concluiu dizendo que os casaria. Que podia a tia Rosa dizer isso mesmo à *menina*.

Todo esse dia d. Luzia passou azafamada, dando ordens, ensinando e fazendo serviços. Achava-se alegre, cantava; e com uns garganteados petulantes dizia:

> *Se eu soubesse que no mundo*
> *Existia um coração,*
> *Que só por mim palpitasse*
> *De amor em terna expansão,*
> *Do peito calara as mágoas,*
> *Bem feliz eu era então.*

Ela bracejava num lago de alegrias fortes, e sempre que se aproximava do quarto de Frederico sentia um prurido discreto, e com voz doce garganteava:

> Nos teus sorrisos
> Mil paraísos
> Eu sonho ver.

Frederico ouvindo repetia consigo:
— Vai haver uma boa pândega!

XXVIII

Era de tarde.

Negros carregando latas de roupa de convidados e de músicos chegavam. D. Luzia com um riso cheio de bonomia acomodava uns e outros, fazia oferecimentos e mandava preparar a sala grande com placas pelos portais, para uma *véspera*. Frederico era em todos os pontos de conversação alvo de cortesias e atenções. Até as duas horas da manhã ouviram-se os sons abafados das rabecas e dos clarinetes, que morriam em sonolenta valsa. Moças de vestidos brancos engomados, faziam *rou-rou barato* quando voluteavam abrindo a boca com olhos de sono, quebradas. Às onze horas da manhã, em larga mesa, muito cheia, via-se a figura do Zé de Deus que chegara cedo. Pelo vermelho do seu rosto inferia-se que as libações eram copiosas. De repente ele levantou-se e limpando a garganta ia falar. Bateu com um copo noutro, e logo que os ouvintes olharam, deixou cair o seguinte dos lábios até então silentes: "Senhores amigos da — Fazenda do Ingazeiro, hoje é um dia de contentamento (e suspirava limpando o suor) porque a comadre vai tomar estado. Eu sou incompetente para falar de suas qualidades; (ouviram-se uns nãos apoiados à esquerda) mas sem ser uma inteligência como Camillo Castello Branco, irei contudo dizer alguma cousa. Eu sempre fui amigo da comadre e se não tornei-me parente dela... (e deixou correr duas lágrimas) a culpa foi da má sina que me persegue. Se dessem a mim um trono, eu punha a comadre em cima dele; mas a minha saúde precoce não me permite ir adiante".

Deixou cair na cadeira o pesado corpo, e a cabeça pendeu-lhe para um lado como um odre colossal. Duas horas depois ele dormia um sono apoplético. Já haviam celebrado o casamento quando ele melhorou, graças às cápsulas do éter.

Reinou todo esse dia uma alegria ingênua, cheia dessas manifestações francas e leais, que caracterizam o rir jovial dos homens rústicos. À tardinha, pelo pomar, pelas proximidades do rio, diversos grupos se refocilavam. Quando o sol muito esfalfado, com fulgores cadavéricos mergulhava-se atrás dos montes, as sombras invadiam os vales. Era a hora da luta épica entre a luz e as trevas, e estas varrendo aquela, davam a imagem do berço e do túmulo. Uns sons muito quentes da música em distância vieram interromper o colóquio entre Daniel e Fantina, os quais retirados do borborinho abafado que havia pela casa falavam dos tropeços do presente e das peripécias do futuro. Quando d. Luzia estava rodeada de velhas e moças frescalhonas, que saracoteavam em requebros de quadris, Fantina falava a Daniel sobre o medo que tinha de perdê-lo.

Muito unidinhos no tendal, com as mãos enlaçadas, olhos embebidos uns nos outros, chorando de quando em quando os dois amantes consultavam um plano de salvação. D. Luzia não consentia que ela se casasse cativa, e também não a libertava sem os dois contos. Daniel já estava resolvido a furtá-la e pedir aos bosques, aos céus, ou aos mares um canto para si.

Fantina muito aflita, apertando-lhe as mãos, como querendo invocar toda a atividade dele disse:

— Como há de ser, Daniel, se *ele* me começar atentar?

— Não faças caso; e chega-te bem a d. Luzia.

Daniel contou-lhe que saía por aqueles quatro dias com o Manuel do Rosário, e que se demoraria um mês fora.

Fantina saiu chorando.

Muito abstrato Daniel ali ficou. Parecia-lhe ter acordado de um sonho perseguido por pesadelos lívidos, em que animais titânicos lhe mordiam a cabeça; e correntes mugidoras caíam por algares medonhos soluçando um dobre de finados. Ele procurava combinar as ideias, ir colocando uma atrás de outra e depois examinar o quadro; mas corriam desordenadas, fugindo para longe, muito longe, cheias de terror: deixavam-no com o crânio ermo como a sala donde se tirou um esquife mortuário.

— Que mal-estar este meu, — disse Daniel saindo.

XXIX

Às seis horas as rabecas chiavam no vasto salão da fazenda.

Placas pelos portais com velas de espermacete, muito compridas, parecendo uma coluna derrocada, davam uma claridade mansa.

Frederico apesar de bisonho em danças sérias, contudo havia de dar uma corrida com a noiva. Quando o voltear das quadrilhas começou com cerca de vinte pares, Fantina foi para junto de Daniel.

E enquanto os cavalheiros, de fraques curtos, parecendo por detrás uma tesoura em movimento, gravatas muito pintadas e com uma volta só, calças brancas, rugidoras e curtas, deixando aparecer o elástico esfrangalhado das botinas, diziam *coisas amáveis* e faziam trejeitos truanescos, de marionetes em operetas-bufas; Fantina e Daniel choravam.

Aquela comparava a sua sorte e condição com as daquelas pessoas que folgavam, este lamentava não poder levá-la até onde chegavam seus arrojados pensamentos. Às três horas ainda dançavam; porém, a maior parte dos convidados, estirados pelas camas e bancos, recuperavam o alento perdido em duas noites de vigília.

Frederico foi para o tálamo selar o pacto; mas aos carinhos da esposa ele preferia estar no batuque, que estrugia na cozinha. Quando os cantares livres, repassados de amabilidades libidinosas chegavam-lhe aos ouvidos, ele revolvia-se no leito como Procusto. Com grandes *houfs* acusava o calor.

Ao outro dia, à exceção da colega de d. Luzia, a que criava os afilhados do cura, todos os convidados tinham partido.

XXX

Frederico ruminava o seu plano como um boi à tardinha deitado na praia.

— Bem me dizia o Manoel da Ponte, que minha sina era boa. Bem empregados que foram os dois mil-réis que lhe dei para ler a buena-dicha. Passei sempre descuidado do futuro. Contava certo que, mais tarde ou mais cedo, a sapucaia havia de cair com a arara presa pelo pescoço.

Assim pensava Frederico olhando a linha de senzalas que começavam de iluminar-se com o fogo, regalo do negro cansado, que descantando ao som do urucungo, esquece mágoas velhas e saudades dos seus combustos areais. Nessa noite ele deitou-se cedo, ouvindo o arfar dos largos pulmões da borrasca que tingia o horizonte lúgubre.

Corria o mesmo viver pacato, sem incidentes; e apesar dos trejeitos arrebicados, *dona* Luzia já não achava nele o *tic* dos encantos que a imaginação fantasista criava em dias ardentes, cheios de desejos animais.

Frederico mostrava-se poltrão, um homem sem fogo.

Tinha como *post pastum* amendoim com leite. Esse afrodisíaco, porém, não o demovia.

Ao meio-dia deitado num estrado da varanda, ele saboreava o cigarro vendo os rolozinhos de fumaça subindo em corações diáfanos.

Pelas grades muitas mulatas costureiras trabalhavam.

Ugolino em sua torre de ânsias não desejaria um pedaço de carne com mais ardor do que Frederico um olhar de Fantina. Esta andava arisca, fugia das suas vistas como a juriti do gavião que espreita do cimo da bicuíba. Agora de pé atrás de d. Luzia, Fantina *catava*, dando cafunés na cabeça da senhora que lia as *Horas marianas*.

De quando em quando Fantina olhava para o terreiro em busca da estrada, como evocando a sombra de Daniel que havia tantos dias, partira com a tropa.

Na posição em que Fantina estava, Frederico via-a por detrás; e então, contando os canudos dos cabelos negros como anuns, e vendo o talhe correto que descia emoldurando contornos exuberantes, cheios de carne macia e quente, revolvia na mente ideias de sensualidade canalha.

— Escapará das garras da raposa a débil franga? — dizia ele em monólogo íntimo.

Levantou-se do estrado e foi ver o café que pilavam.

A boa Rosa com o abano colocado sobre os joelhos, soprava os grãos à proporção que o engenho tirava as cascas.

— Então, tia Rosa, quanto já fez hoje?

A velha mulata atirou o café do abano dentro do tanho, e concertando o cumbá com um riso de amizade e respeito, respondeu:

— Sinhô não vê que sua negra anda um pouco fraca? Já

se foi o tempo em que dez alqueires passavam por ali num dia; — e mostrava o abano.

— Qual, você ainda está muito forte. Tempo virá em que você há de viver aqui perto numa casinha com seu neto João. Ele como meu campeiro e você como minha criada de pintos.

— Ah! sinhô, quem sou eu? Sua negra não tem mais esperança dessas coisas.

Frederico viu chegar o momento de lançar uma semente de fé naquele coração sáfaro e combalido pelos sóis dos desenganos amargos.

— Pois se você quiser, tia Rosa, fazer uma coisa que eu cá sei, muito breve você fica forra.

A mulata concertou o lenço da cabeça e riu um rir franco e bom, onde passavam os choques de esperanças brancas como capuchos de algodão.

— Tudo quanto sinhô mandar, sua negra está pronta para fazer.

— Então, — disse Frederico correndo o olhar em torno para certificar-se de que não era ouvido, — então quero que me arranje a Fantina. Você deve passar nela a língua e ver; se ela quiser, eu prometo libertá-la no dia seguinte. Veja se o negócio fica em segredo, porque d. Luzia sabendo bufa comigo. — E sacudia a cabeça, com as mãos metidas nos bolsos das calças, olhando a velha espantada.

A Rosa conquanto desse a vida pela liberdade, todavia estranhou a pretensão do senhor casado de fresco.

— O negócio não é de temer, — ajuntou Frederico —; não deixarei acontecer nada a você.

Rosa ficou de dar a resposta ao outro dia; mas desde esse momento não pôde mais trabalhar.

Ficou esmagada sob o peso da liberdade futura como uma formiga debaixo dos tacões duma bota.

Afinal, depois de muito esgaravatar no cérebro, como um tatu num cemitério, rutilou no seu espírito uma ideia esplendorosa.

XXXI

A mucama de quarto e de toda a confiança de d. Luzia era Fantina, que tomava conta das chaves dos estojos onde se guardavam as joias e pedrarias.

D. Luzia possuía um grande estojo de jacarandá-preto, com frisos de vinhático, o qual tinha uma chave de ouro.

Rosa lembrou-se de furtar essa chave, escondê-la; e quando Fantina estivesse aflita procurando-a, então ela faria a proposta de Frederico.

XXXII

Rosa estava preparando atrás da cozinha um barreleiro, quando Fantina passou com um jarro na mão.

Rosa seguiu a Fantina para a fonte. Quando, porém, Fantina passava por uma tábua muito coberta de limo que servia de pinguela, Rosa que estava atrás fingiu escorregar, e gritando Jesus! caiu agarrando-a pelo vestido. Fantina com o susto e a força de Rosa, também caiu sob o jarro d'água.

Ambas ficaram molhadas e sujas de lama.

Subiu a escada acompanhada de Rosa, e ao chegar à cozinha deu à Adelina o jarro que era para o quarto da nhenhá. Fantina foi para o quarto mudar a roupa, e justamente no momento em que tirava o vestido molhado em cujo bolso estava a chave do estojo, entrou Rosa com uma xícara de café.

— Toma, filha, que molhar a estas horas pode fazer mal.

Ainda com o novo vestido desabotoado, Fantina tomou a xícara e pôs-se a beber o café. Aproveitou-se Rosa disto, e estendendo o vestido molhado no peitoril da janela, meteu a mão no bolso dele e tirou a chave.

— Fica aqui para não criar tico, menina, — disse Rosa retirando-se com a xícara.

Rosa lá pela cozinha exultava, dando risadinhas gostosas, dizendo graçolas de amuar.

Toda a tarde ela esteve sentada atrás da casa remendando umas camisas do *pai* Joaquim.

Quem por ali passasse, ouviria um cantar baixo, mas de um timbre vibrante, como o de quem cheio de prazer, procura derramar um pouco da ventura que escorre pelas bordas do cíato da vida.

XXXIII

Nas abas da serra do Pomba, em um campo de limitado horizonte, onde via-se o dorso negro da serrania semelhante à enorme cauda de uma boicininga coleando entre as nuvens de um retinto lavado, Daniel cantava ao som da viola.

No rancho sem paredes, tendo apenas uma coberta de telhas denegridas do roçar dos anos, ele soltava harmonias saturadas de lancinante saudade. Seus companheiros deitados em couros fora do rancho tomavam o fresco da noite povoada de todas as atrações magnéticas de um luar lendário.

Daniel encostado aos balaios pensava em Fantina.

Como Haideia, ele pelos olhos da alma via o encanto da amante, e quando a viração impregnada do perfume doce que saía das flores das piúnas passava-lhe pela fronte, supunha o hálito quente do peito que tantas vezes arfou sobre o seu. Lembrava-se de Fantina, e a ideia do marido de d. Luzia tentar contra ela fazia-o tremer. Involuntariamente ele apalpava a faca, como que viesse ante seus olhos assombrados uma cabilda de salteadores.

XXXIV

Enquanto d. Luzia estava no banho Fantina foi ao armário para lambiscar. Nisto Rosa aproximou-se dela e disse:

— Menina, quero falar com você, — e afastou-se para o corredor que dizia para o tear.

Fantina mordendo um pedaço de queijo, e inocente como um sonho em manhã de primavera, acompanhou a velha. Supunha ser alguma notícia de Daniel, porque havendo rancho nos pastos da fazenda, outros tropeiros podiam tê-lo visto. Quando, porém, ouviu de envolta o nome de Frederico quis correr, mas a velha segurou-a dizendo:

— Não, não pode ser assim, menina, é preciso arranjar a vida. Eu também já fui como você, cheia de medo, de quindins, hoje sou vaca solta que lambe-se toda.

Fantina vacilou como bêbeda, quis gritar.

— Aceita, menina, que você será feliz e eu também. O melhor é deixar o tal Daniel que é pobre e nada pode dar. Cá você fica arranjada, tudo quanto quiser, terá.

— Não! tia Rosa, não me fale nessas coisas feias. Antes morrer cativa, debaixo de ferros, que esquecer-me de Daniel.

E fugiu das mãos de Rosa.

XXXV

Havia muito tempo que Frederico dormia em leito separado ao fundo do quarto de d. Luzia, pretextando muito calor. Sobre a madrugada, quando mais pesado caía o sono, Frederico ia ao quarto de Fantina que como uma pomba entre arminhos, só deixava ouvir o arquejar compassado do peito. Temendo barulho, oposição, ele respeitava a castidade de Fantina. Pelos leitos das outras ele fazia correrias aos beliscões e pontapés daquelas que acordavam sobressaltadas.

De volta para o quarto de d. Luzia ele passava a mão sobre Fantina, sentia formas aveludadas de uma macieza gostosa, mas retirava-se com as pernas tremendo como dous juncos batidos pelo sopro do vento.

XXXVI

Tendo acabado de almoçar Frederico foi passear à roça.

D. Luzia entrou para o escritório e chamou Fantina, que apareceu-lhe como sempre trazendo um riso alegre nos lábios vermelhos. Fazendo diversas perguntas a respeito de Frederico e de Rosa, d. Luzia obrigou Fantina a contar tudo quanto sabia e a prometer oposição à vontade do senhor.

À Rosa estava reservada outra sorte de interrogatório.

D. Luzia chamou a Felisberto e levou Rosa ao paiol onde estavam os instrumentos do castigo.

Mandou amarrar a rapariga a uma escada, levantar impudentemente as saias e aplicar às nádegas cinquenta vergastadas. Ainda não estava a execução no meio e já o sangue ensopando o instrumento corria pelo chão, e nem um grito. Só se ouvia um gemido cavo que saía pelas narinas, porque a boca estava sobre um pau e calafetada com pedaços de algodão. O olhar de d. Luzia tinha uma imobilidade assustadora. Quando as pontas do couro espicaçando a carne fumegante atiravam pingos de sangue sobre o vestido de d. Luzia, esta dizia ao rapaz:

— Olha que te faço vir enxugá-los com a boca.

Quando o algoz tirou as cordas e a mordaça, foi preciso levantar a rapariga, que tão trêmula estava, que não podia sustentar-se de pé.

Então d. Luzia chegando perto perguntou à castigada:

— Que tal, senhora alcoviteira?

Nada respondeu, e só deixava se ouvir o borborinho da respiração contida e dos soluços cortados.

No olhar que a rapariga lançou sobre a senhora havia um coriscar de fluidos enraivecidos que abraçavam-se como dardos para a vingança.

O suicídio passou-lhe pelo espírito como a ponta da asa de um corvo, mas ela pensou, lembrou-se da vingança que o sangue que ensopava o pó estava pedindo, e enxotou aquela ideia como a um cão leproso.

— Para vingar-me preciso viver. Meu sangue em poças umedece a terra.

Rosa remordendo-se interiormente não dava tréguas à imaginação, procurava, apalpava, evocava memórias adormecidas pelo tempo.

Afinal lembrou-se do *pai* Joaquim.

Qualquer raiz venenosa que martirizasse por muito tempo, era o que Rosa queria; não desejava matar a senhora do primeiro golpe. Iria destruindo-lhe a vida paulatinamente.

Ao cabo de alguns meses ou anos arrastados pela via dos sofrimentos atrozes, que se apagasse a luz da lâmpada funesta.

D. Luzia usava à sobremesa comer somente doce de cidra; por isso ao lado das muitas iguarias estava sempre uma compoteira destinada a ela. Gostava do sumo forte que apertava o paladar. Por aí achou Rosa porta larga, de uma largura feliz, onde passariam os corrosivos mais destruidores.

Consultando ao *pai* Joaquim, conhecido pela alcunha de *Feiticeiro*, ele impôs como condição, que Rosa lhe desse duas camisas de flanela.

O *pai* Joaquim era um tipo africano dos mais repugnantes; sem dentes, de beiços muito caídos e grossos, pernas tortas e pés de uma deformidade fantasiosa.

Este negro era na fazenda rodeado de prestígio tal, que temiam-lhe até o olhar, que segundo diziam, fazia cair o cabelo e apodrecer as unhas. A habilidade de aplicar os venenos sépticos ele a possuía em alto grau.

Em um domingo, perto de onze horas, quem estivesse na varanda da fazenda, e olhasse para a volta do rego que trazia água aos engenhos, havia de ver sob um sol alto e alegre como um olho de sentinela, a figura do *pai* Joaquim com a foucinha ao ombro e um samburá na mão, em caminho da mata. Ao pôr do sol voltou.

Conferenciou com Rosa ensinando-lhe o modo de aplicação e entregou-lhe um embrulho de raízes e cascas, que ela logo ocultou nas dobras do cumbá. Dizia o *feiticeiro* que aqueles *remédios* aplicados simultaneamente na dose de um cabo de colher, produziam falta de apetite, grande ardor nas pernas e frieiras entre os dedos.

XXXVII

Dois meses depois d. Luzia sentia-se doente, triste.

Já havia consultado a vários médicos; mas mesmo assim resolveu ir à cidade ouvir uma missa.

Fantina há muitos dias já andava aflita em procura da chave, e agora que ia pôr de mão os preparativos da senhora, ficou aterrada. A ideia de aborrecer a nhenhá tão doente oprimia-lhe o coração amoroso.

Pôs-se em procura da chave com sofreguidão espantosa.

Muitas horas trabalhava debalde.

Rosa percebendo isto não se mostrou ressentida.

Quando Fantina lutava para arredar um caixão na despensa, Rosa chegou, e depois de saber a causa daquele trabalho, disse:

— Fantina, eu suponho que a chave foi achada, e por isso é tolice você estar procurando.

Diante desta consideração desanimadora Fantina prorrompeu num chorar histérico, dilacerador.

— Como há de ser então? Nhenhá tão nervosa e doente sabendo disto é capaz até de dar-me pancada, tia Rosa! Ela estima muito aquele estojo, e ainda mais a chave que foi feita com ouro tirado pelo pai dela quando garimpeiro na Bagagem.

— Sossega, menina; o único remédio possível é mandar fazer outra.

— Não tem tempo, porque amanhã ou depois ela pode precisar das pulseiras e dos brincos. E demais, quem me havia de arranjar isso?

E continuava soluçando.

— Pois então vá pedir a sinhô Frederico a que ele tem, que talvez sirva.

— Mas como hei de obtê-la nas mãos para experimentar?

— Nada mais fácil, — continuou Rosa, — vá onde ele está, e logo que você pedir ele dá.

— Não! tenho muito medo dele; *aquilo* que você me falou é muito feio! porque eu quero me casar com Daniel que me estima tanto!

E a voz lhe sumia entre o soluçar convulsivo.

Fantina era forte na musculatura, mas impressionável como a flor tirada da sombra e exposta aos raios lúbricos do sol tropical.

— Desta maneira nada você arranja. Vá pedir, e se ele exigir alguma cousa em paga, e se você não der já, ao menos prometa; senão ele vê que é por causa de Daniel e pode mandar levá-lo para soldado.

Depois de muitos acoroçoamentos Fantina resolveu ir pedir a chave ao senhor.

———

D. Luzia tivera um acesso e foi deitar-se.

Frederico esteve pelo quarto, e afinal saiu assobiando uma mazurca que aprendera com a Joaquininha.

Fantina indo ter com sua senhora, esta mandou-lhe buscar ao jardim umas folhas de malvas para banho.

Uma fachada de luz bruxuleante partindo das senzalas é que punha um lusco-fusco triste lá pela varanda. Corria pelo ar um magnetismo dormente de envolta com as baforadas mornas do sol da tarde. Fantina viu Frederico debruçado a um canto da varanda; quis voltar e mandar outra apanhar as folhas. Lembrando-se, porém, da chave teve ânimo para lutar e chegou. Apanhou as primeiras folhas que encontrou; aproximou-se de Frederico, e narrou-lhe o ocorrido.

— Dou a chave Fantina, que há de servir, mas quero que você me dê uma cousa.

Ela quase fugiu correndo, mas a mão possante de Frederico deteve-a. Um grito de susto escapou-lhe da garganta.

— Gosto muito de você, Fantina. Hei de um dia casar o Daniel com você.

E segredando-lhe uma palavra, ela tremeu da cabeça aos pés como se fora batida por duas desencontradas cargas elétricas. Fantina nesse momento viu o grande e fantasioso castelo de seus dezoito anos sadios, edificado com risos e temores, esperanças e beijos quentes, ruir.

Frederico não podendo dominar-se, agarrou-a fortemente pelas mãos, e cingindo-a ao peito, imprimiu-lhe na face que abrasava, beijos absorventes, devoradores, onde derramou toda a ânsia animal de sua natureza potente.

Fantina quis gritar; ele largou-a temendo que d. Luzia sofresse mais no seu físico arruinado.

Quando Fantina deu fé de si, sentiu na mão um objeto frio: era a chave. A fera depois de ter sentido o gosto do sangue da presa, e de apalpar-lhe as entranhas trementes, soltou-a.

Em outra ocasião, porém, ele esperava embebedar-se das fragrâncias macias daquela rosa de Jericó, cândida e aveludada como o lírio de Geslaad.

XXXVIII

Os males de d. Luzia progrediam; todos os sintomas de envenenamento apareciam. Só depois do dia bem alto é que ela se erguia do leito, em cujas bordas se via uma mesinha recheada de vidros e embrulhos.

Alguns facultativos já haviam manifestado opiniões tristes: indagavam, escutavam, e afinal o diagnóstico era hipotético; porque os enfartes linfáticos, as úlceras escrofulosas eram de um caráter *sui generis*. Dores agudas nas articulações társicas dos pés, acompanhadas de inchação, faziam pensar em um reumatismo gotoso.

Depois de muitas receitas improfícuas, Frederico resolveu ir à capital da província, onde com grande e justa fama corria o nome do dr. Eugênio Nogueira, de muito tino e duma prudência nunca vista, diziam.

Durante o plano da viagem Frederico lutou com a tenacidade olímpica de Daniel, que malograva os seus intentos de corrupção. Muito enraivecido procurava um meio de remover do caminho aquele rochedo de granito. Afinal Frederico lembrou-se de um meio: havia poucos dias que aparecera um homem todo esfaqueado nas terras da fazenda, e procediam a severas indagações policiais. Lembrou-se então de apontar Daniel como cúmplice ou autor do crime.

Gozando da supremacia que dá a riqueza, impôs ao delegado a prisão do rapaz. Fantina soube, chorou muito e quis suicidar-se atirando-se ao rio; mas Daniel ainda solto, encorajou-a. Batida todos os dias pelos argumentos vibrantes de Frederico, a frágil mulatinha parecia uma rocha onde as ondas em um reemergir laocoôntico arrastavam-se, espadanando-se em recôncavos de surdos escarcéus. Por momentos dir-se-ia sepultada nos horrores da perdição; mas, quanto mais subia a onda inimiga, tanto mais alta sobrenadava a arca de seus votos ardentes.

———

Partiram para a capital, e Daniel corrido, perseguido por todos os lados, foi vítima da sanha policial. Com a casa cercada por dezesseis praças mercenárias, o rapaz tomou a faca e a garrucha, subiu ao teto da casa e daí passou à cumeeira.

Os soldados em um ardor canibal arrombaram as portas, fizeram grande berreiro quando não encontraram o *criminoso*, espancaram duas velhas que ainda dormiam, e espantaram um primo de Daniel que atirou-se por boqueirões profundos; e depois um dos guardas que ficaram na porteira apitou e os outros avançaram.

Viram onde estava a *caça*: deram ordem de prisão. O rapaz mesmo com a sua ingenuidade burguesa não quis obedecer, dizendo não ser criminoso. O mastim em chefe mandou o movimento de fogo. Ele, porém, não se acobardou; e assim ficariam os soldados o resto do dia, se aos rogos e choros da sua velha mãe e tia não se resolvesse a entregar.

— Entrega, meu filho, que seu Frederico te há de fazer voltar; — dizia entre lágrimas a desvalida mãe.

— Deus te há de favorecer, porque és o arrimo de uma pobre e imprestável velha; — dizia-lhe a tia.

Amarrado ao rabo dos cavalos, como um porco, foi Daniel levado para a cadeia. Por um mês esteve ele vegetando entre quatro paredes úmidas, infectas, onde o ar era azedo.

A natureza criada ao ar livre, expandindo-se pelos campos mirrava-se como o arbusto dos trópicos que é transplantado para os polos. Quando d. Luzia voltou desesperançada, soube da prisão do afilhado e disse a Frederico que desse as providências para livrá-lo da imputação do crime. Como cada vez ela piorava, a energia moral foi se enfraquecendo.

Na hora das supremas agonias, quando o coração de Fantina golfava sangue, ferido pela desventura, Frederico aparecia-lhe oferecendo bálsamo: mas um momento ela parava, voltava a si e tinha asco da sórdida troca que o senhor queria. Era Mefistófeles rindo-se junto do cadáver de Fausto. Fantina no seu desespero laocoôntico, preferia morrer que trair a Daniel.

— Prefiro a morte com ele preso no fundo da cadeia; — e caía sem forças sobre a cama onde Pedro, o pajem, dava notícias de Daniel.

A velha Rosa seguia estas peripécias como uma sombra, procurava o momento de descarregar o último e certeiro golpe.

— Não desespere, menina; sinhô já serviu a você da outra vez, agora também pedindo ele serve.

Fantina achava isto infame. A humilhação cortava-lhe a alma como uma navalha afiada; mas a velha Rosa trazia-lhe à memória cousas tristes. Falava da vida horrorosa que Daniel ia ter; que se ela não o salvasse poderia morrer no fundo da cadeia de Ouro Preto, terror da imaginação popular.

Talvez que ele lá morresse e nem sequer enterrariam o seu corpo. Seria atirado aos cães noturnos ou aos abutres das praias.

— Se você ama deveras a ele, — dizia Rosa, — não deve ter medo. Vá pedir a sinhô, senão o pobre rapaz está perdido.

Fantina ficou perturbada. Um vácuo lhe encheu o cérebro abrasado.

XXXIX

A noute caíra triste.

D. Luzia tendo tomado um narcótico dormiu; e descansava tendo junto do leito a Joaquininha que velava sobre o travesseiro materno banhando-o de lágrimas.

Frederico no escritório endereçava uma carta ao delegado de polícia pedindo-lhe que fizesse o Daniel seguir com os outros presos condenados para Ouro Preto.

Fantina meio fora de si, saltou sobre todos os temores e chegou ao escritório. Uma palidez larga cobria o seu semblante formoso, produto do cruzamento de duas raças. Frederico ao vê-la levantou-se e disse:

— Estou acabando uma carta que manda embora o Daniel; está nas mãos de você dar-lhe a vida e a liberdade, porque ele vai ser enforcado como autor do crime.

Fantina caiu-lhe aos pés soluçando.

— Senhor, salvai o infeliz que é odiado só porque me ama! Eu sou uma escrava, mas tenho um coração puro.

Frederico ria.

— Não, Fantina, isso é tolice. Se você fizer o que eu quero, amanhã estará casada com ele. Abandona essas ideias: Daniel só quer Fantina. De qualquer forma ele aceita.

A mulatinha de joelhos ficara muda.

A dor que invadiu-lhe a alma era tão grande, que varreu-lhe

as ideias do cérebro, como o vento varre as folhas secas de uma planície.

— Deixa, Fantina, e amanhã você será dele.

E com um movimento rápido pegou-lhe pela cintura, Fantina já meio desmaiada só pôde deixar escapar dos lábios semimortos a palavra — Jesus!

....

....

XL

Quem conhecesse o aspecto de uma laranjeira esgarçada pela traquinagem do rapazio garoto, faria ideia da fisionomia de Fantina; mas como a nhenhá cada vez piorava mais, muitos tomaram a brusca mudança do seu natural, como tendo causa nos sentimentos pela partida de Daniel e nos incômodos da senhora.

Rita que fora a denunciante de Rosa levou ao conhecimento de d. Luzia os últimos acontecimentos que presenciara. D. Luzia por um supremo esforço ergue-se do leito com os ímpetos desgrenhados de uma bacante. Seus olhos baços tinham lampejos sinistros, onde se reverberavam dois grandes sentimentos: o ciúme que dá energias desconhecidas, e o desespero da pessoa do marido.

Suava frio; tinha a cor da nata do leite corrupto; seus dentes rangiam como um instrumento que acompanhasse as tremuras do corpo cadavérico. Chamou Rita e mais outras e mandou-as conduzir Fantina ao tear. Despida e amarrada às argolas de um caixão, Fantina mostrava serenamente as carnes que ainda conservavam os fogos da puberdade. Das pernas cobertas de um feltrozito aveludado e das cheias nádegas, voavam fragmentos de carne como pedacinhos de algodão que caem das bordas da corda. Gemia só, porque tinha a boca tapada com um lenço. E quando pelos movimentos convulsivos do corpo, que parecia fugir à proporção que a garra do couro descia, o lenço deixava aberto um canto da boca, saía este grito entrecortado:

— Nhenhá, eu sou inocente!

A senhora encostada à parede, dizia que antes tivesse feito à Fantina o que sua avó fizera a uma escrava que incorreu no mesmo crime. Essa escrava, dizia ela, foi amarrada pelos pés aos galhos de uma árvore, ficando com a cabeça no chão; depois despejaram-se três ou quatro alqueires de milho ao redor, e soltaram a porcada que estava presa há cinco dias. Em menos de um quarto de hora só se via o corpo da cintura para as pernas.

Enquanto esteve ao alcance do focinho dos animais, viam-se os intestinos puxados como um fio de linha de um novelo.

Fantina esteve de *oratório* oito dias. Esperavam todas as tardes quando Frederico saía a passeio e reproduziam as cenas da escravidão. Depois Frederico soube e quis salvá-la. Abriu contra a vontade de d. Luzia a porta do tear e cortou as cordas que apertavam os pulsos sulcados por uma ferida azulada.

Martirizada, sem se alimentar, com as faculdades mentais meio alteradas, Fantina apresentava o aspecto de uma máquina. Não teve uma palavra para Frederico quando ele acabando de cortar as cordas deu-lhe um beijo nas faces pálidas e macilentas. D. Luzia teve ímpetos ferinos; e revolvendo-se no leito, parecia um cadáver rompendo com a mão mirrada o sudário apodrecido pela umidade da sepultura. Frederico não tornou a entrar no quarto da enferma. D. Luzia, meia hora antes de morrer, vendo Fantina perto do leito, inda pôde quebrar-lhe a cabeça com um vidro de *bromureto de potássio*.

———

O Zé de Deus, depois de acompanhar o enterro da comadre, entrou na taverna do Roberto e disse:

— Foi a minha boa comadre para o outro mundo; e quem a mandou foi o Frederico. Me desprezou. Morreu, e *ele* agora vai botar o Ingazeiro fora.

O Roberto com um olhar desconsolado e triste, e com um filho nu nos braços, ouvia esta história.

Frederico sozinho na fazenda, viúvo, senhor de grandes cabedais, ruminava os dias saborosamente.

O estado de Fantina era triste. Aquele semblante onde brilharam ardentemente todos os fogos da mocidade, estava velho e cavado pela paixão. Nas vésperas da maternidade, Fantina caiu gravemente enferma. Frederico não quis vê-la morrer sob suas vistas. Libertou-a e mandou um escravo levá-la para residir à cidade.

XLI

Dois anos depois em uma ruela muito imunda, onde atiravam o lixo, via-se uma mulher de fisionomia asquerosa, coberta de andrajos lamacentos, bêbeda, insultar os transeuntes e gritar obscenidades porcas.

Por uma manhã chuvosa e fria, quando corriam pelo ar as cantilenas tristes da ventania melancólica, ouviu-se como um *dies irae* a voz de uma criança débil e clorótica berrando:

— Mamãe Fantina! mamãe Fantina!

Era Júlia que chorava porque a mãe tinha amanhecido morta. Passados dias, um taverneiro sentindo o esvoaçar dos corvos avisou a polícia, e encontraram um cadáver em dessoração e todo roído dos vermes, que caíam como bagos de chumbo.

À tarde, sentado na saleta da Silvéria, Frederico viu passar um esquife nos ombros de dois galés.

— Quem morreu? — disse ele.

— Foi a pobre que os urubus descobriram. Chamava-se Fantina.

Frederico chegando fogo ao cigarro, e deitando a cabeça no colo da Silvéria, disse:

— Se ela não fosse tão tola podia ter vivido mais tempo.

FIM

Mãe escrava e seu filho, em fotografia de Marc Ferrez

Posfácio

Sidney Chalhoub

I.

Recontar a estória lida é contá-la segundo o ângulo da nossa experiência de leitura. A imaginação de quem lê dialoga com o que está nas páginas, nota certas cousas, deixa escapar outras, enfatiza alguns aspectos em detrimento de outros. Por isso começo este posfácio com um resumão, todo meu, daquilo *que vejo em Fantina*, pois o que vejo está no texto, no qual, porém, também pode haver tantos outros aspectos que não percebo...

    Fantina: cenas da escravidão é a estória de uma jovem escravizada que sofre o assédio sexual persistente e obsessivo de seu senhor. Estória feita de muitas histórias comuns à época, como veremos. No início da narrativa, Fantina aparece como cativa favorita de d. Luzia, viúva abastada, fazendeira na província de Minas Gerais. A viúva recebe de bom grado a corte de Frederico, mau-caráter de folhetim, ou sujeito ruim de novela das oito, como diríamos hoje em dia. Ao envidar esforços para conquistar a viúva, o maganão já espicha os olhos para "as mulatinhas" da fazenda, Fantina em especial, sonhando com o dia em que estariam submetidas à sua autoridade senhorial. Luzia e Frederico casam, em grande evento na paróquia. Frederico persegue Fantina insistentemente. A jovem escapa, resiste, consola-se na companhia do namorado, Daniel, rapaz livre e trabalhador que tenta juntar os dois contos de réis, preço escorchante, que lhe exigem pela liberdade da rapariga.

Tudo acaba mal. D. Luzia descobre que Rosa, outra de suas cativas, fora aliciada por Frederico para servir de mensageira e propiciar ocasião para que o senhor abusasse de Fantina. Enfurecida, a senhora manda que Rosa seja castigada com severidade. Por vingança, Rosa, com a ajuda do feiticeiro Joaquim, envenena a senhora lentamente até à morte. Frederico usa de sua influência na política local para culpar Daniel por algum crime que este não cometera, tirando-o de cena. Frederico consuma o estupro. D. Luzia, já à beira da morte, ordena que Fantina seja barbaramente castigada. A cativa adoece, dá à luz uma menina, vive desesperada. O senhor a liberta — quer dizer, a abandona na cidade. Fantina passa a viver como indigente, sofre de doença mental, morre, e seu corpo só é encontrado dias depois, já atacado por urubus, com a filhinha dela aos prantos ao lado do cadáver.

É claro que isso não é tudo sobre o romance, que começa ameno, com descrições vivas de costumes da fazenda, de festas religiosas populares, de músicas e danças. Há também um rico dar a ver de vocabulário e expressões de época, que às vezes lembra o ritmo cativante de Manuel Antônio de Almeida em *Memórias de um sargento de milícias*. Ao descrever a personagem Zé de Deus, por exemplo, o narrador observa que segundo seus vizinhos ele enriquecera por sovinice, tanto que "nos tempos da moagem lambia o beiço dos negros para ver se tinham chupado alguma cana sem licença".[1] O mesmo Zé de Deus, rival de Frederico pelos amores de d. Luzia, ouve atentamente o modo como Daniel conta as peripécias do namorado da viúva.[2] Frederico estivera numa festa "em casa da Manoela, com uma súcia de *marchadeiras*" (grifo no original),[3] com Tonico da Sombra, Antônio Caetano e "muitas mulheres da roça", "cantando, dando umbigadas de rechar,[4] e sapateando"; "Cantarolou muito... e deu até abraço em mulheres casadas!"; "Chegou a quebrar a viola, e finalmente escaramuçou até as *marchadeiras*, que estavam já bêbedas". Enfim, "Seu Frederico *pintou*" (grifo no original), era "muito bandalho", e Daniel conclui que d. Luzia não haveria de querer casar "com um homem tão pândego".

Como se vê, os registros de usanças do tempo têm certa graça. Na avaliação de José Ramos Tinhorão quanto à música

Dançando o lundu,
segundo Johann Moritz Rugendas

popular, as informações são valiosas e se comparam favoravelmente às de outros romances "de costumes" voltados à escravidão publicados no período.[5] Às vezes, a preocupação com a descrição de costumes vira uma ponta solta do texto, interrompendo a narrativa, como na longa passagem em que d. Luzia exibe o seu conhecimento de plantas medicinais a um Frederico embasbacado.[6] O fato, todavia, é que mais ou menos no meio do caminho a estória se volta completamente para as agruras de Fantina, expondo sem rebuço a crueldade do assédio senhorial e o sofrimento da mulher negra escravizada.

A *Fantina* de Francisco Coelho Duarte Badaró, publicada em 1881, é precedida de "um juízo crítico" escrito por Bernardo Guimarães, romancista a quem Badaró admirava, tomava por inspiração. Guimarães lançara *A escrava Isaura* poucos anos antes, em 1875, e a semelhança entre os dois livros é óbvia, pois ambos contam uma estória de assédio sem tréguas de um senhor a uma escrava sua. Porém, também são livros muitíssimo diferentes. Em *A escrava Isaura*, o senhor termina arruinado e comete suicídio, sem que sua crueldade se mitigue nem mesmo na tragédia. Isaura fica legalmente livre e junto ao homem amado que a protegera. *Fantina* tem um final desolador, em que o senhor e estuprador vê passar o esquife de sua vítima nos ombros de dois galés, comentando em seguida: "Se ela não fosse tão tola podia ter vivido mais tempo".

Divertimento após o jantar, de Jean-Baptiste Debret

Nenhum dos dois romances é grande literatura. As personagens são planas, unidimensionais, não mudam nem se adensam ao longo da narrativa. No entanto, ambos são bom entretenimento, ao menos na experiência deste leitor que lhes escreve, pois lembro-me de acompanhar os capítulos sofregamente até descobrir o destino das sofridas heroínas. Bernardo Guimarães era escritor experiente ao publicar *A escrava Isaura*, tinha mais recursos narrativos do que Duarte Badaró, este ainda mui jovem, estudante de direito. Outra diferença é que o romance de Badaró é bem mais curto que o de Guimarães. Eu poderia parafrasear Machado de Assis, dizendo que, quando duas obras são mancas em qualidade literária, a mais curta será melhor.[7] Mas a verdade é que aprecio o jeito direto do autor de *Fantina*, descrição dos acontecimentos sem a linguagem derramada e as digressões moralizantes de *A escrava Isaura*.

O objetivo deste posfácio é dar a ver o potencial de *Fantina*, sugerir o quanto podemos aprender ao tirarmos esse romance de seu quase completo esquecimento e refletirmos sobre ele. Vou abordar três aspectos bastante relacionados: a verossimilhança da narrativa, o repertório literário ao qual pertence, a atualidade dela e o sentido de resgatá-la neste momento específico de nossa indeterminação histórica. Dito de outra forma, a questão crucial é a seguinte: que conjunto de experiências — históricas e literárias — tornou *imaginável* a estória de *Fantina* (assim como fez possível seu posterior esquecimento e sua atual releitura)?

Antes, porém, vejamos alguns dados biográficos de Duarte Badaró.

II.

Sacramento Blake dedica um brevíssimo verbete a Francisco Coelho Duarte Badaró no segundo volume de seu *Diccionario bibliographico brazileiro*, editado em 1893.[8] Informa que nascera em Minas Gerais, dá o nome de seu pai, diz que se havia tornado bacharel em ciências sociais e jurídicas em São Paulo e que fora um dos deputados eleitos para o primeiro Congresso Republicano, em 1890. Além de *Fantina*, dá notícia de outra obra de Badaró, *Parnaso mineiro: notícia de poetas da província de Minas Gerais*, publicada em Ouro Preto em 1887.

Há um livro inteiro sobre a vida de Duarte Badaró escrito por um neto dele, Murilo Badaró.[9] Por um lado, infelizmente, trata-se de uma biografia romanceada — o que consta do próprio subtítulo —, narrada em primeira pessoa, como se o velho Francisco tivesse aprendido o método de composição a partir do além-túmulo de que se valeu Brás Cubas. Isso leva a muitas elucubrações a respeito do que possa ter passado pela cabeça do biografado em diferentes episódios de sua existência. Ademais, não há indicação precisa, muita vez nem imprecisa, das fontes documentais utilizadas para compor o dito "romance histórico-biográfico". Por outro lado, a checagem do relato de Murilo Badaró com fontes disponíveis, tais como jornais de época publicados na província de Minas Gerais e anais parlamentares, confirma os dados gerais, mais rigorosamente biográficos, por ele apresentados. Por isso, ainda que um tanto ressabiado, fiz uso das informações fornecidas por Murilo Badaró para traçar o breve quadro que segue da vida do autor de *Fantina* desde a infância até por volta de 1890.

Duarte Badaró teria nascido em 1860 e sido criado numa fazenda chamada Liberdade, no município mineiro de Piranga, às margens do rio do mesmo nome, um afluente do rio Doce.[10] Teria começado os estudos em Piranga, passado pelo Colégio (seminário) do Caraça e chegado ao Colégio Mineiro, em Ouro Preto, em 1875. Murilo Badaró reproduz cópias de certificados de aprovação em exames realizados por Duarte Badaró na cidade em 1877. Nessa primeira fase no município mineiro ele conhecera Bernardo Guimarães, já então o reputado autor de *A escrava Isaura*.[11] Dali foi para a Faculdade de Direito de São Paulo, que cursou de 1878 a 1883. Após se formar, Duarte Badaró fixou residência em Ouro Preto, exercendo lá a profissão de advogado. A partir de 10 de abril de 1884 e durante todo o resto do ano, ele fez divulgar no jornal *A Provincia de Minas* anúncios similares a este: "O dr. Francisco Coelho Duarte Badaró, abriu nesta cidade seu escritório de advocacia. Advoga nas

1.ª e 2.ª instâncias, atende a chamados para fora e encarrega-se de negócios perante as repartições públicas. É encontrado das dez horas da manhã às quatro da tarde, ao largo do Rosário — Hotel Monteiro".[12] Em 21 de fevereiro de 1884, publica um artigo, intitulado "A escravidão e o fisco", no qual critica episódios repetidos de leilão de escravos apreendidos pelo fisco para o pagamento de impostos devidos. O autor achava que esses escravos deveriam receber a liberdade em respeito à lei de 28 de setembro de 1871, que declarara livres os escravos pertencentes à nação. O texto não elide a sua inspiração abolicionista, elevando às vezes o tom de denúncia: "O que nos contrista é ver, neste último quartel do século xix, o Estado do Brasil como negociante de carne humana, anunciando em editais a venda de escravos [...]".[13] No mesmo jornal, em 12 de fevereiro de 1885, consta a nomeação dele para juiz municipal do termo de S. João Baptista. Em 20 de agosto, fora removido para Minas Novas. Nesse município, quase um ano depois, em 14 de agosto de 1886, sempre de acordo com *A Provincia de Minas*, noticia-se o seu casamento com d. Luiza Pinheiro Nogueira, filha do "ilustre chefe conservador" sr. coronel José Bento Nogueira. Carreira, bom casamento, vida encaminhada. Vira deputado federal constituinte em 1890, representante do Brasil no Vaticano em 1893, juiz de direito em Minas Novas, senador estadual, de novo deputado federal, morre em 1921. O criador de *Fantina* tornar-se-ia, enfim, um mineiro ilustre.

Passemos das efemérides biográficas ao que pode haver de tutano nessa trajetória do ponto de vista de quem quer entender como *Fantina* pôde ser imaginada. O exercício é um pouco esdrúxulo, porque menciono em seguida dois episódios curiosos posteriores à publicação do romance mas que, ao que me parece, ajudam a entender, retrospectivamente, a sua feitura.

O apreço de Duarte Badaró por Bernardo Guimarães parecia mesmo grande. Em *A Provincia de Minas* de 10 de abril de 1884, aparece uma notícia intitulada "Bernardo Guimarães". Fazia um mês da morte do romancista e havia se formado uma comissão em Ouro Preto, então a capital mineira, para "promover em toda a província uma subscrição em benefício da viúva e filhos do finado poeta e romancista". O texto dizia que o literato não deixara os seus em estado de indigência, muito menos de abastança, sendo certo porém que a viúva não tinha recursos para prover a educação de seus seis meninos. A comissão era composta de representantes de diversas "classes" da sociedade, tais como "comércio", "imprensa", "escola de minas", "liceu mineiro", "instrução pública", "engenharia", "classe médica", "escola de farmácia" etc. A primeira "classe" listada era a "de bacharéis em direito", sendo Badaró um de seus quatro representantes. Aceitavam-se donativos de qualquer tamanho, mas ao menos "pequenas ofertas de todos", pois Bernardo Guimarães fora "um homem popular no verdadeiro sentido da palavra" e "uma glória para a província de Minas".

Não sei que fim levou essa campanha de donativos. Meses depois, em 29 de agosto, em *A Provincia de Minas*, aparece uma carta de Duarte Badaró endereçada ao "Amigo sr. redator". Nela, Badaró abordava um projeto submetido à Assembleia Provincial autorizando o Governo a destinar um conto e 200 mil-réis anuais "para auxiliar a educação dos filhos de Bernardo Guimarães". O missivista comentava que em torno do projeto "zumbe a mosca da impertinência" — quer dizer, levantava-se à socapa a questão da possível inconstitucionalidade da iniciativa. Duarte Badaró argumenta que examinara a questão, consultara a coleção de leis provinciais e não achara fundamento para a dúvida quanto à constitucionalidade da medida. Ele cita vários precedentes de viúvas e outros indivíduos que haviam recebido auxílio do Governo provincial em situações semelhantes. Não se podia "negar esta migalha" ao poeta.

Outro episódio curioso ocorre no primeiro ano do mandato de Badaró na Câmara dos Deputados. Era dezembro de 1890, e estava em discussão uma moção, apresentada por dezenas de congressistas, congratulando "o Governo Provisório por ter mandado fazer eliminar dos arquivos nacionais os últimos vestígios da escravidão no Brasil".[14] A distância entre a portaria publicada no *Diário Oficial* e a retórica dos deputados parece lance de estória de pescador. A portaria do Ministério da Fazenda, sob a batuta de Rui Barbosa, requisitara, para destruir em seguida, apenas "papéis, livros e documentos" existentes nas tesourarias da Fazenda país afora. Em especial, o ministro queria dar fim às matrículas de escravos, documentos oficiais de propriedade deles, para evitar querelas judiciais movidas por ex-senhores a reclamar indenização pela propriedade escrava perdida em 13 de maio de 1888. Esse conjunto documental, apesar de volumoso e valioso, estava a anos-luz de representar a eliminação, "dos arquivos nacionais", dos "últimos vestígios da escravidão no Brasil".[15] Sem que o exagero retórico fosse questionado — na verdade, utilizando-o de moto próprio —, Duarte Badaró discordava da moção de congratulação ao Governo. O diálogo com outro colega deputado foi assim:

> O sr. Badaró — Sr. Presidente, não quero que ninguém entenda que, ao levantar para pronunciar-me contra esta moção, eu pretenda condenar a obra meritória dos abolicionistas. O que faço é protestar contra o ato de cremação de todo o arquivo da escravidão no Brasil, porque envolve interesses históricos. Nós, em vez de procurar destruir, o que é uma obra de verdadeiros iconoclastas, devíamos ter a nossa Torre do Tombo, um edifício destinado a recolher os papéis de todos os arquivos do país.

Somos um povo novo, que corremos o risco de ter dificuldades para escrever a nossa história, porque é deplorável o que se observa em todas as municipalidades e nas repartições das antigas províncias: por toda a parte o mesmo abandono, o mesmo descuido, e, por último, o fato de mandar-se queimar grande número de documentos que podiam servir para se escrever com exatidão a história do Brasil, no futuro.

O sr. Lamonier Godofredo — A vergonha nunca há de deixar de existir; não é a cremação que a fará desaparecer.

O sr. Badaró — Além disso, não se pode fazer apagar os vestígios da escravidão, porque, para atestá-la, aí está a debilidade da nossa raça. (*Muito bem; muito bem.*)[16]

Quiçá seja sintomático que o deputado Badaró tenha merecido a aprovação expressa dos pares apenas na parte final de sua intervenção. A tirada a respeito da "debilidade da nossa raça" parece ter encontrado eco no recinto apinhado de homens "brancos", ou ansiosos por serem tidos por brancos, mais ou menos abastados, mais ou menos educados, e por isso mesmo imersos em diálogos transnacionais marcados por ideologias racistas naquele período de pós-Abolição nas Américas e de imperialismo agressivo de países europeus mundo afora. Quanto ao resto, o "sr. Badaró" brilhou. Ao sustentar com ênfase a necessidade de guardar e preservar documentos históricos, acalentou historiadores e arquivistas. Defendeu que a história do Brasil se escrevesse "com exatidão". Ajudado pelo colega deputado Godofredo, e ainda que por meio de um argumento especioso acerca da suposta "debilidade da nossa raça", sugeriu que a escravidão deixara de existir mas não acabara de passar. Passado, presente!

Ao juntar os dous causos contados, sobre Bernardo Guimarães e escravidão, chegamos a uma questão central. Guimarães era a referência principal do autor de *Fantina* no tocante ao modo de conceber o fazer literário; a escravidão marcava a experiência histórica na época e desafiava o esforço de representação ficcional da realidade. Como escrever literatura, e como falar nela de escravidão, é pois o nosso assunto.

III.

Em sua carta de apresentação a *Fantina*, Bernardo Guimarães assume uma atitude professoral, lembrando ao autor que eles já haviam conversado um tanto sobre literatura ("por vezes te disse em conversação, que em matéria de literatura [...]"), para em seguida discorrer a respeito de escolas e conceitos literários. Sobre o romance como "gênero de literatura", a certa altura diz: "Caracteres e descrições, lances e peripécias, tudo deve ter o cunho da verossimilhança e da naturalidade; tudo deve marchar de acordo com as leis físicas e morais, a que o mundo e a humanidade estão sujeitos, a menos que não se trate de alguma dessas produções, que pertencem francamente ao gênero fantástico [...]".[17] Guimarães critica o que chama de "exclusivismo" das escolas literárias, querendo dizer com isso que nem romantismo nem realismo mereciam primazia quanto à forma de escrever romances.

O que significava — para Bernardo Guimarães, Duarte Badaró e outros literatos do tempo — escrever romance de acordo com o princípio da verossimilhança? Em *Senhora: perfil de mulher*, de José de Alencar, publicado originalmente em 1875, há uma passagem em que uma personagem indeterminada, um cavalheiro, conversa com Aurélia, a protagonista, a respeito dos méritos literários do romance *Diva*, do mesmo José de Alencar, ou da narradora dele, G. M., também a autora suposta de *Senhora*.[18] O tal cavalheiro não havia gostado nada de *Diva*, e sua razão única para isso era que achara a personagem-título "um tipo fantástico, impossível!"; diante de certa relutância de Aurélia em concordar com ele, insiste: "Em todo o caso é um caráter inverossímil". Aurélia responde com um remoque já então célebre em relação à inverossimilhança da verdade. No final do segundo volume da primeira edição de *Senhora*, Alencar publica uma carta, de uma suposta defensora do romancista, em resposta a uma crítica a ele dirigida no folhetim do *Jornal do Commercio*. A querela sobre *Senhora* girava em torno da "questão psicológica". A leitora que fizera a crítica duvidava que uma mulher como Aurélia pudesse existir, que uma mulher conseguisse "amar um homem vilipendiado".[19] Em suma, a discussão consistia na plausibilidade da existência real de alguém com a estrutura moral e a visão do amor pertinentes a Aurélia. O desacordo não se referia ao objetivo do romance em construir uma personagem *que parecesse verdadeira*, mas ao fato de tal objetivo ter ou não ter sido atingido. É importante reparar que não se esperava que a personagem ficcional bem-sucedida fosse a reprodução ou a transparência do perfil ou estrutura moral de qualquer pessoa que de fato existisse. A ficção citava a realidade, por assim dizer, não buscando ser a transparência ou a *photographia* dela,[20] mas apontando possibilidades, oferecendo construções imaginárias plausíveis.

É claro que havia visões conflitantes acerca de como satisfazer o critério da verossimilhança ou da plausibilidade. Para citar um romance antípoda a *Senhora* nesse aspecto, basta pensar em *O cortiço*, de Aluísio Azevedo (publicado em 1890). Lá a densidade moral ou psicológica das personagens importa bem menos do que as circunstâncias sociais e históricas em que elas interagem. De novo, o objetivo não é fazer do romance a transparência do real, mas oferecer um leque de desenlaces possíveis às experiências de personagens situadas imaginariamente num mundo cuja realidade se supunha estruturada por leis cognoscíveis ("leis físicas e morais", conforme Bernardo Guimarães, englobando tanto o realismo como o romantismo). Naquilo que Guimarães entendia por escolas literárias a se digladiarem, havia em comum o pressuposto da verossimilhança como critério de construção literária. Talvez por compreender isso, o mentor de Duarte Badaró defendesse que "no romance principalmente, gênero de literatura, sobre o qual ainda ninguém legislou, nem pode legislar, campo vasto, aberto a todas as imaginações, ninguém deve ser julgado segundo os aforismos desta ou daquela escola, deste ou daquele sistema".[21] Entretanto, Bernardo Guimarães identifica em *Fantina* uma filiação à "escola realista", o que acha natural "quando se trata de um romance brasileiro, de costumes e da atualidade".[22] Enfim, a pertinência de escola literária, se houver, parece relativa à matéria a ser tratada, mais do que uma escolha dogmática e apriorística. Ao fim e ao cabo, ficamos com um Duarte Badaró adepto do realismo em *Fantina*, preocupado em criar personagens e situações ficcionais plausíveis segundo os "costumes" e a "atualidade" da sociedade referida na narrativa — o Brasil escravista da segunda metade do século XIX.

IV.

Embutir o tempo histórico na concepção do enredo contribuía para conferir verossimilhança a romances oitocentistas. *Fantina* apareceu em 1881, mas os eventos narrados tiveram lugar a partir de 1871. Há dois saltos temporais no livro, um apenas aparente no capítulo XXVI, outro de dois anos no último capítulo, quando se descreve a morte de Fantina.

A cena em que surge a primeira menção à Lei do Ventre Livre no romance é divertida. Fantina põe "sobre a mesa os jornais vindos da cidade".[23] Frederico não tinha hábito de ler jornais, mas se mete a fazê-lo, para se mostrar digno de sua nova posição social. Abre o *Jornal do Commercio*, decisão decerto fatal para iniciantes no ofício. Como o narrador nos informa que então os diários repercutiam a notícia da aprovação da Lei do Ventre Livre na Câmara dos Deputados, que ocorrera em 28 de agosto, podemos supor, por exemplo, que Frederico tivesse em mãos o exemplar de 31 de agosto de 1871. Naquele dia o periódico saía com oito páginas (o mais comum era que saísse com quatro), em seu grande formato habitual, cada página com oito colunas que vinham de alto a baixo, em letra miúda, espaçamento mínimo entre as linhas, títulos escassos às matérias, nenhuma ilustração. Achar alguma cousa ali devia ser desafio considerável mesmo para olhos experimentados.

D. Luzia pergunta a Frederico se havia alguma notícia sobre o visconde do Rio Branco, chefe de Governo e grande líder da "reforma do elemento servil", como se dizia. Frederico, "atrapalhado com o tamanho do jornal", começa a ler uma cena de folhetim, fechadura, guarda, apito, muro, cão de fila a ladrar... Peripécias de tipo muito diferente das que d. Luzia desejava ouvir. Na verdade, Frederico lera um trecho do *Rocambole*, folhetim famoso de Ponson du Terrail. Confundira Rocambole com Rio Branco! Apaixonada, d. Luzia achou que Frederico fizera chalaça. Após indicar para ele a notícia certa e ouvir a leitura a respeito da aprovação do projeto de lei na Câmara, a viúva se "enfureceu": "Blasfemou muito e deu razão a Frederico, dizendo que Rocambole valia mais do que o homem *que queria forrar o que não era seu*" (grifo no original).[24] O folhetim do *Jornal do Commercio* em fins de agosto de 1871 era *O senhor Lecoq*, de Emilio Gaboriau, outro folhetinista célebre, autor de estórias policiais e judiciárias.[25] O *Rocambole* havia figurado no folhetim do *Jornal* durante vários meses em 1870.

Além da graça, a passagem sugere o interesse de Duarte Badaró pelos folhetins, a ponto de errar por pouco o período de publicação do *Rocambole* nas colunas do *Jornal do Commercio*. Também nos possibilita entender como, mesmo num romance limitado do ponto de vista da qualidade literária, há destreza em prender a atenção de leitoras e leitores, que continuam a virar as páginas na expectativa do próximo lance folhetinesco. Ademais, o modo de reportar a lei de 28 de setembro de 1871, relatando o ódio de uma fazendeira ao líder do partido conservador que a promovia, ajuda a situar a narrativa de Badaró nos debates políticos do tempo. Na verdade, o *Jornal do Commercio* publicava a transcrição dos debates parlamentares quase diariamente, por isso é relevante que este seja o periódico citado em *Fantina*, mais de uma vez, como leitura habitual da viúva.

Outras duas passagens do romance completam a caracterização do modo como d. Luzia via a Lei do Ventre Livre. Na primeira delas, o narrador descreve d. Luzia à varanda, distraída, a contemplar "uma porção de crioulinhos que brincavam no terreiro". Feliz ao observar aqueles *"animais domésticos"* (grifo no original), "a sua fortuna crescente", logo ela se lembra de Rio Branco, "uma sombra negra", passa a tremer e a fazer promessas a um santo de devoção para "que Rio Branco nunca realizasse sua ideia". Daria vinte contos a quem pudesse "burlar" o plano.[26] No capítulo seguinte, a narrativa dá um salto momentâneo de alguns anos ("Tempos depois [...]"), para imaginar como d. Luzia trataria os *"riobrancos"* (grifo no original), que seria uma forma de designar as crianças nascidas livres de mães escravas como resultado da lei de 28 de setembro de 1871. Tais "crioulinhos" são apresentados como "muito barrigudos, de pernas finas e cheios de monco". Diz-se que a senhora agia com critério no tratamento das doenças dos escravos, mas que os *riobrancos*, "quando doentes, tomavam uma infusão de cachaça e carqueja", ou um purgante que "punha as crianças dum aspecto esquelético".[27] A descrição do pouco-caso dispensado a esses nascidos livres prossegue por mais algumas

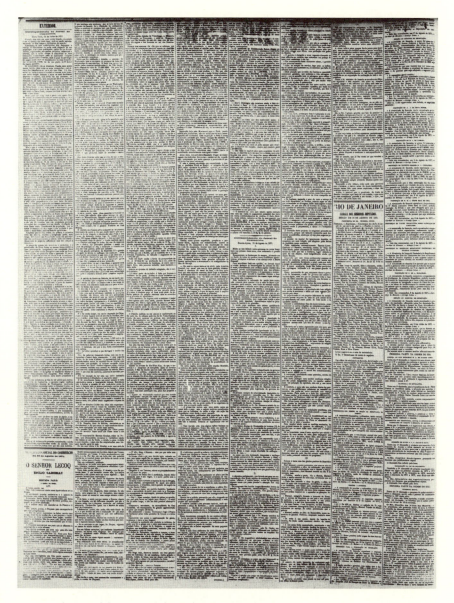

P. 2 do *Jornal do Commercio*, 1.º de setembro de 1871

linhas, até que se muda de capítulo e a estória volta ao ponto em que estava, ainda em 1871, nos antecedentes do casamento da viúva com Frederico.

Um texto publicado no *Diario do Rio de Janeiro* em 9 de junho de 1871, quando a discussão do projeto da Lei do Ventre Livre estava a todo vapor no Parlamento, sugere em cores fortes o ódio nutrido contra o visconde do Rio Branco e a ideia da liberdade do ventre de mulheres escravizadas. A carta é assinada por um "Roceiro", que residia no município de Paraíba do Sul, portanto no coração da cafeicultura fluminense. O texto se intitula "Um sonho". Ofereço uma citação longa dele, pois lê-lo em paralelo a *Fantina* põe em perspectiva vários assuntos: o interesse da fazendeira d. Luzia em ler jornais para se inteirar dos acontecimentos políticos; sua revolta contra o visconde do Rio Branco; o ressentimento para com a ideia de liberdade do ventre, considerada um esbulho da propriedade escrava futura; a capacidade de ódio e o potencial de violência contra as pessoas escravizadas, tão vivamente representada em *Fantina* pelos castigos bárbaros impostos a Rosa e Fantina; por fim, a consciência da possível reação dos escravizados, representada em *Fantina* pelo envenenamento de d. Luzia, e evidente na arenga do "Roceiro" contra a "perversa mão do elemento servil". A carta faz referência também a uma série de manifestações coletivas de fazendeiros contra o projeto de lei — dezenas delas seriam divulgadas nos jornais e encaminhadas ao Parlamento durante os meses de discussão de tal projeto.[28] Manifestações individuais iracundas, como a do "Roceiro", vinham a lume quase todos os dias.

Quando ontem recebi a minha correspondência do correio, já era tarde, e sendo ela extensa reservei a leitura das folhas públicas para o fim: principiei pelo *Diario do Rio de Janeiro*, meu jornal predileto, porque vai chamando as cousas pelo seu nome próprio, e por ser o único que bem defende os interesses da lavoura, tão ameaçada por quanto futrica anda por aí a contar as estrelas, a fazer versos e a dar preleções, como os saltimbancos fazem, anunciando-se por grandes cartazes pregados nas esquinas. Eu sou roceiro, e como tal costumo ler os jornais de fio a pavio, porque em falta de outras distrações, depois das horas do pesado serviço da lavoura, tão perseguida por toda a qualidade de *bichos*..., entrego-me à leitura deles e nunca me escapam as sessões do Senado e Câmara, dos deputados, e muito menos os ditinhos picantes e manhosos de alguns *padrastos* da pátria, porque, sendo eu já velho, conheço por aí além muito pau de laranjeira, que se transformou em Senhor dos Passos, em milagrosos santo Antônio, tendo quase todos sido Sebastiões sem calções... Como disse, principiei pela leitura do *Diario*, onde vi a imensa lista de nomes, protestando contra as ideias do sr. visconde do Rio *incógnito*...

Cada um daqueles nomes é uma família que chora, suplicando de mãos erguidas para o céu, que não lhe tirem o pão quotidiano, que não a assassinem, que não a lancem na miséria e na prostituição. Com a leitura desta imensa lista de peticionários veio-me, à lembrança uma outra que há dias li na mesma folha, à qual se juntava a justa representação que as míseras roceiras endereçavam aos altos poderes do Estado: e mais se me antolhou as que devem seguir-se a estas, que por extensas e numerosas devem formar um surdo mas terrível protesto contra um Governo, que para vangloriar as vaidades de um homem que pouco entende destas cousas, não trepida atirar-se no caminho dos desvarios, das iniquidades e das injustiças, obrando em sentido diametralmente oposto às aspirações do povo a que preside! Que aberração de princípios! Que cegueira pelo mando! Que baixeza de sentimentos [...].

Mas [...] o absurdo é de tal grandeza, que dá nas vistas dos mais míopes e ignorantes, como é este seu criado, que, mal sabendo como se *capinam* as ervas venenosas, que roubam a substância às proveitosas e que nutrem a todos; que, mal sabendo como se *decepam* e *podam* os parasitas que *roubam* a seiva dos meus cafezeiros, com que pago ao rei, aos senadores, deputados e mais empregados públicos [...], não posso eximir-me de também meter o meu bedelho na magna questão! [...] É uma questão porca e indecente, que há de sujar a todo o Brasil. O primeiro há de ser o que estiver mais alto, pela razão mui natural de que quanto maior é o continente, tanto mais pode conter o conteúdo. E não lhe valerá fugir para longe, para evitar o mau cheiro da limpeza do ventre das negras, porque só quem nunca deu purgantes a elas é que não sabe o que aquele bichinho é capaz de lançar de si [...] toda a sorte de bicharada própria de quem se alimenta com tanta imundice [...]. A experiência tem demonstrado isto tudo, ainda mesmo tendo elas o ventre *preso*, o que fará em o tendo livre! [...]

Eu cá por minha parte tenho já um contrato feito [...] para me enviarem por todos os paquetes cinquenta dúzias de vidros d'água-de-colônia, para, no caso de se soltar tanta barrica de negra, ter com que possa fazer frente à infeccionação da atmosfera. [...]

Como no princípio desta lhes disse, sou muito adicto a ler os jornais de cabo a rabo, e no de ontem, *Diario do Rio*, fui ler as notícias do Pará, onde por desgraça minha, [...] encontrei descrita a carnificina feita em sua família pela perversa mão do elemento servil!

E é a esta súcia de canibais, que o sr. visconde de um rio desconhecido, [...] a quem ele quer dar liberdade, para melhor fazerem destas africanadas a são e salvo! É a antropófagos de tal jaez que se quer fazer entrar na ordem de gente civilizada e digna dos respeitos e considerações, que merece o homem que se preza a si e ao semelhante! [...]

Que pena não estar nesse ato o autor da ideia de pôr livre o ventre das negras... Só ali é que ele poderia aprender o que é lidar com esta súcia de ladrões, de bestas ferozes, de ingratos, de estúpidos e irracionais.

[...]

Na parte final do texto, "Roceiro" conta que sonhara com o marquês de Paraná, famoso por promover a "conciliação" política na década de 1850. Paraná saíra do túmulo para passar uma reprimenda exemplar em Rio Branco.

[...] Pois não é já tempo de seres um homem sério? Olha que o tempo da rapaziada já lá vai. Tu não sabes que eu deixei cá na terra muita gente, que precisa que as negras fiquem com o ventre adusto? Tu não sabes que minha família tem muitas negras, que precisa que lhe deem crioulos, para a servirem e aos netos? [...] Eu não o castigo, porém terás por prêmio a execração pública, que te há de desprezar, com justos motivos, pelo mal que vais fazer a uma sociedade, que, em lugar de te esquecer e atirar donde eu te tirei, te tem dado uma posição que não merecias. [grifos no original][29]

É preciso respirar fundo para ir adiante, em vista da destilação de tanto ódio aos negros e apego à injustiça. Entretanto, uma passagem como essa não só evidencia continuidades históricas de longa duração, mas também permite que entendamos como Duarte Badaró poderia imaginar, por exemplo, o castigo que

d. Luzia gostaria de infligir a Fantina. A rapariga estava "amarrada às argolas de um caixão", a levar vergalhadas, "voavam fragmentos de carne". Mas, segundo o narrador, d. Luzia lamentava não haver aplicado a Fantina o castigo que a sua avó aplicara a uma escrava, que "foi amarrada pelos pés aos galhos de uma árvore, ficando com a cabeça no chão"; após espalharem "três ou quatro alqueires de milho ao redor", soltaram-se os porcos, que não comiam havia dias; "em menos de um quarto de hora só se via o corpo da cintura para as pernas"; "viam-se os intestinos puxados como um fio de linha de um novelo".[30]

O modo como a resistência à Lei do Ventre Livre aparece em *Fantina* ajuda a precisar bem o lugar político de seu autor quando da publicação da obra, em 1881. Desde 1879, havia no Parlamento, e fora dele, uma pressão abolicionista cuja principal bandeira era a defesa de novos passos legislativos destinados a acelerar a emancipação dos escravos. Estava claro que a lei de 28 de setembro de 1871 era insuficiente, tanto em seu alcance como por problemas em sua aplicação, postergando assim demasiadamente o fim da instituição da escravidão.[31] Por isso a oposição raivosa à lei, num contexto em que se criticava o seu alcance limitado, realçava a distância entre a perspectiva do autor de *Fantina* e a de uma escravocrata empedernida como d. Luzia. Na verdade, havia sarcasmo dirigido aos escravocratas radicais do início da década de 1880. Naquele momento, cientes dos limites dessa lei, eles haviam passado a defendê-la, querendo com isso obstaculizar a discussão de novas iniciativas emancipacionistas no Parlamento. D. Luzia, se ainda fosse viva, talvez mitigasse a sua ira contra Rio Branco.

A imprensa da Corte recebeu o livro de Duarte Badaró em silêncio quase absoluto. Localizei uma breve notícia de sua publicação no *Jornal do Commercio* de 9 de novembro de 1881. Todavia, a publicação de *Fantina* foi festejada por *O Abolicionista*, periódico da sociedade abolicionista presidida por Joaquim Nabuco. Em seu número de 1.º de dezembro de 1881 aparece o seguinte artigo:

UM ROMANCE CONTRA A ESCRAVIDÃO

O sr. Duarte Badaró acaba de publicar um romance intitulado *Fantina*, no qual com grande verdade pinta algumas cenas da escravidão, descrevendo a vida do mísero escravo no Brasil.

Este romance que se recomenda pelo estudo dos caracteres, cor local, estilo e muito sentimento, é o primeiro de uma série que o talentoso romancista tem em mãos. O segundo está a aparecer, e todos eles são referentes ao cativeiro entre nós.

Livro de propaganda, *Fantina* fala ao coração, e vem poderosamente auxiliar o trabalho dos emancipadores que nas tribunas, legislativa e judiciária, nas conferências populares e acadêmicas, nos livros, opúsculos e jornais batem com alma e patriotismo a horrenda instituição.

Bernardo Guimarães, o distinto poeta mineiro, recomenda em um belo prefácio o trabalho do sr. Duarte Badaró, e essa recomendação vale muito, porque vem de pessoa assaz competente.

Se as letras pátrias foram enriquecidas com mais uma boa obra, a causa abolicionista conta no jovem e prometedor romancista mais um destemido e vigoroso colaborador.

Seja bem-vindo.[32]

O artigo elogia o livro sem mencionar a principal estratégia de denúncia contra a escravidão nele adotada. Afinal, *Fantina* não "descreve a vida do mísero escravo no Brasil". Este é um enunciado genérico que reconhece o sentido político do texto ao mesmo tempo que despolitiza a estratégia empregada pelo autor. *Fantina* é um livro sobre o abuso sexual das mulheres escravizadas. No sofrimento de Fantina e no abandono de sua filha, torna-se também um texto sobre a dor das mães no cativeiro.[33]

v.

A verossimilhança em *Fantina* e romances similares não se buscava apenas na remissão a acontecimentos políticos, mas também por meio do recurso a um enredo que intentava mostrar situações tidas por recorrentes nas relações entre senhores e escravos. Não que a formação social e histórica figurada na ficção precisasse a cada passo ser resultado da intencionalidade vigilante do autor. Boa parte do efeito de parecença de verdade vinha da "normalidade" da sociedade escravista à época, quer dizer, das características dela que eram repostas independentemente da vontade do escritor, cuja ficcionalização das circunstâncias sociais expressava aspectos da história vivida, da experiência cotidiana.

Vejamos uma história paralela à estória contada em *Fantina*, acontecida em Piranga, província de Minas Gerais, local de nascimento de Duarte Badaró, e quando ele provavelmente ainda lá morava. A paróquia de Nossa Senhora de Conceição do Piranga, segundo o recenseamento de 1872, tinha 4 515 "almas", das quais 3 939 eram livres (87%), 576 escravas (13%).[34] Esse perfil demográfico é bastante próximo ao nacional, de acordo com o mesmo recenseamento. O país tinha quase 10 milhões de habitantes, 84,7% deles eram livres, 15,2% escravos.[35] Na população livre de Piranga, 1 721 habitantes eram brancos (38,1% da população total), 1 632 eram pardos (36,1%), 521 pretos (11,5%), e os restantes eram caboclos. A soma dos livres de cor e dos escravizados resulta numa população negra de 60,5% na paróquia. No país, pretos e pardos somados, fossem livres ou escravos, compunham 58% da população.

Desse perfil demográfico, tanto em Piranga como no país, ressalta uma característica importante daquela sociedade no início da década de 1870, decerto construída na longa duração histórica, que era o fato de que uma maioria significativa dos negros já vivia em liberdade bem antes de ser abolida a escravidão. O acesso à alforria, apesar de difícil, acontecia com frequência suficiente para que, na sucessão de gerações, famílias afrodescendentes inteiras nascessem em liberdade, ou alguns de seus membros nascessem livres, outros escravos, e outros ainda conseguissem se libertar ao longo da vida. Em suma, as fronteiras entre escravidão e liberdade podiam ser relativamente porosas, com uma pressão constante para a obtenção de alforria por parte dos escravizados, mas também com a luta dos proprietários de escravos para manter a sua propriedade, ou obter indenização vantajosa quando parecia inevitável reconhecer a liberdade de qualquer pessoa escravizada.

Mathilde, se tida como escrava, ou Mathilde Petronilha, se liberta, lutava pela liberdade, dela e de Maria, sua filha recém-nascida, na paróquia de Piranga, em processo cível aberto em 1871. Na realidade, ela se defendia de uma ação de escravidão que lhe moveram os herdeiros de sua ex-senhora.[36] Como de costume em casos muito contestados que subiam às esferas superiores do Judiciário, temos um calhamaço de mais de trezentas páginas manuscritas e versões bastante conflitantes sobre os acontecimentos. Mathilde fora escrava de d. Ana Rita, que, ao ficar muito doente, lhe prometera a liberdade com a condição de que servisse à sua mãe, d. Mariana, até o falecimento desta.[37] D. Mariana morreu em maio de 1870, o que levou Mathilde a sair da casa da ex-senhora e ir viver em companhia de Francisco Teixeira, de quem estava grávida. Ainda segundo Mathilde, os herdeiros se negavam a cumprir o que estabelecera a senhora original dela, já que nem d. Ana Rita nem d. Mariana haviam deixado testamento. D. Mariana tampouco passara carta de alforria à rapariga, supostamente devido à oposição dos então futuros herdeiros.

Sentindo-se ameaçada em sua liberdade, Mathilde contou com a ajuda de Francisco Teixeira para entrar em juízo com um pedido de manutenção de liberdade, o que garantiria sua permanência em "depósito", fora do controle senhorial, até que a questão fosse decidida. Em abril de 1871, os herdeiros entraram com a ação judicial de escravidão — quer dizer, uma ação cujo objetivo era conseguir o retorno de Mathilde ao cativeiro, além de reivindicar a propriedade da filha que ela tivera após a morte de d. Mariana. Na versão deles, d. Ana Rita nunca manifestara a intenção de alforriar Mathilde, nem d. Mariana o quisera fazer, sendo que o imbróglio todo resultara da atuação de Francisco Teixeira, com quem Mathilde "vivia em relações ilícitas", às vezes descritas como "escandalosas". Talvez tenha sido assim, mas não custa observar a recorrência, em fontes de época, judiciais ou literárias, da representação de mulheres sempre sob a proteção de homens, o que parece ser a única alternativa que tinham a sofrer abuso por parte deles. Às vezes esse tipo de construção é desafiado à revelia dos mancebos que empunham a pena e controlam a narrativa. Um deles, por exemplo, talvez ainda irritado, conta que certa vez repreendera Mathilde por suas relações com Francisco Teixeira, ao que esta respondera "audaciosamente": "que ele testemunha não era dono da casa, e por isso não lhe podia tomar contas".

O fato é que, na ausência de testamento e carta de alforria, a batalha judicial se desenrolou toda por meio de extensos depoimentos de mais de uma dezena de testemunhas, tornando o processo riquíssimo para o entendimento da complexidade da situação. Não é possível saber qual versão da história é verdadeira, se alguma delas o é, ou se o é em parte. Salta aos olhos, porém, não importa quão conflitantes os depoimentos, que Mathilde, descrita como "parda clara", sofria assédio de vários homens que viviam ao redor. Um dos primeiros depoentes, Carlos Pitoresco (sic), um alfaiate de quarenta e tantos anos, perguntado sobre o que sabia a respeito das relações entre Mathilde e Francisco Teixeira, respondeu que este "vivia em relações ilícitas e até escandalosas com a escrava Mathilde o que era sabido por todo o mundo", "e mais foi dito pela testemunha que tem certeza das relações de Mathilde com Francisco Teixeira, porque ele testemunha pretendendo *gozar* [grifo meu] a Mathilde era impedido pelo mesmo Francisco Teixeira". Outro depoente, um lavrador de 35 anos, disse que

Luiz Gouvea, também testemunha no processo, tivera uma "dúvida" com Mathilde, "e por isso a quis comprar, mas que d. Mariana não a quis vender dizendo que por sua morte ela ficaria livre". O próprio Luiz Gouvea, depondo em seguida, afirmou que perguntara a d. Mariana se ela "não deixava a escrava *bonita* forra" (grifo meu). Em suas alegações finais, o representante legal de Mathilde argumentou que Luiz Gouvea tinha "ódio" por ela, "por não querer esta aceder a seus torpes desejos". Tudo indica que Gouvea tentara comprar Mathilde por interesse sexual.

Alguns depoentes pareciam achar que Francisco Teixeira atuava no caso, confrontando o direito de propriedade dos herdeiros, por estar seduzido por aquela "parda clara" e "bonita". Descrevem longamente os esforços do companheiro de Mathilde, inclusive uma cena dramática em que ele fora à casa de d. Mariana junto com a rapariga e outras pessoas, em caravana, a fim de pedir "para ela passar a carta de liberdade". Francisco Teixeira havia ido até lá munido de "papel e um tinteiro de mola"; quando d. Mariana alegou "que não sabia escrever e nem assinar o seu nome", ele se propôs "a pegar de sua mão e ajudar-lhe assinar o nome". A senhora insistiu "que não assinava", porém, "estando presente Mathilde a qual se achava grávida, temendo d. Mariana que aquela abortasse se acaso dissesse a Teixeira que a não forrava, dissera a este: está bem hei de forrar". Pode ser que haja aqui a descrição de

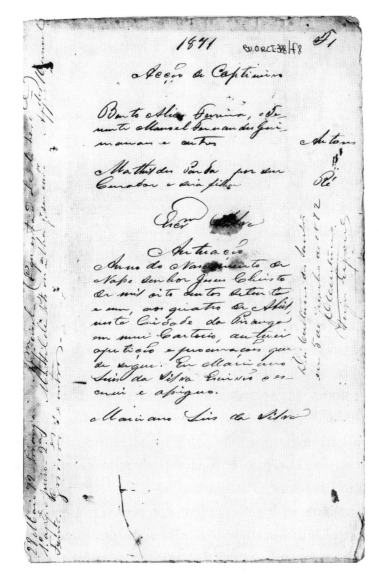

Página de abertura do processo de ação de escravidão contra "Mathilde Parda", em Piranga (MG).

esforços sinceros de um companheiro a lutar pela liberdade da mulher e da filha de ambos. Em história, ninguém tem direito aos próprios fatos, mas as lacunas deixam algum espaço para a imaginação.

Não importa de que ângulo vejamos as diferentes versões sobre a história de Mathilde, não há dúvida a respeito das várias pressões e constrangimentos que ela sofria, a ponto de a senhora temer que escolhesse abortar uma criança diante da perspectiva de vê-la nascer no cativeiro. Mathilde flutua numa zona cinzenta, nem Fantina, nem escrava Isaura. Fantina e Daniel sucumbiram ante a crueldade e as maquinações senhoriais. Isaura deu sorte e foi salva por seu amado. Apesar de todo o empenho nos tribunais, Mathilde perdeu a causa em todas as instâncias legais. Segundo a sentença, ela e a filha deveriam retornar ao cativeiro. Não sabemos se isso aconteceu. Enquanto o processo corria, a Lei do Ventre Livre tramitou, foi aprovada e entrou em vigor. Os representantes legais dos herdeiros, entre eles nada menos que Antonio Pereira Rebouças, advogado e político eminente, filho de português com escrava liberta, preocuparam-se em lidar com a nova conjuntura política.[38] Alegaram que os herdeiros não eram "escravocratas e bárbaros por terem proposto a presente ação em juízo", quando em todo o Império "se levantam hinos em louvor ao decreto de 28 de setembro, que declarou livre o ventre das escravas". Desejariam que houvesse condições para que com "um só golpe se extirpasse para sempre esse negro cancro chamado 'a escravidão'"; no entanto, isso "não quer dizer que devam abrir mão dos escravos que possuem, e daqueles a que tenham direito, reduzindo-se a si e suas famílias à completa miséria".

Difícil simpatizar com o incômodo senhorial diante das informações acerca de uma escrava bastante assediada sexualmente que lutava por sua liberdade e pela de sua filha. De qualquer forma, com a lei de 1871 em vigor, Mathilde, ajudada ou não por seu companheiro, poderia obter a liberdade à revelia da vontade senhorial depositando em juízo o seu preço. Talvez conseguisse, por exemplo, angariar a quantia necessária para comprar a própria alforria por empréstimo com alguém, a quem pagaria a dívida depois, por meio de um contrato de prestação de serviços por tempo determinado.[39] Se os herdeiros discordassem do valor oferecido pela liberdade, haveria o arbitramento judicial. Não era solução fácil, mas poderia ser recurso importante contra certo tipo de abuso. Em *A escrava Isaura*, Leôncio, o senhor algoz, cobra dez contos de réis pela liberdade de Isaura, quantia surreal, para desespero do pai dela.[40] Em *Fantina*, d. Luzia "pede dois contos para passar a carta de liberdade", soma exorbitante, que leva Daniel a pensar na fuga como única alternativa.[41] Em ambos os romances, os eventos do enredo ocorrem antes da promulgação da Lei do Ventre Livre, logo, não havia a possibilidade de arbitramento judicial do preço da alforria. No caso de Mathilde, diante da investida de Luiz Gouvea para comprar para si aquela escrava "bonita", d. Mariana "respondeu à testemunha que se a quisesse libertá-la [sic], que a dava baratinho por dous contos de réis". Ao que parece, d. Mariana ironizava e exagerava no preço para desencorajar o avanço do predador sexual sobre a escrava. Todavia, enquanto permaneciam sob o domínio de seus senhores, havia sempre o risco de as escravas terem de lidar com gente como Leôncio, Frederico ou Luiz Gouvea. Para Leôncio, Isaura "era propriedade sua, e quando nenhum outro meio fosse eficaz, restava-lhe o emprego da violência";[42] já Frederico se pergunta retoricamente, pensando em Fantina: "Escapará das garras da raposa a débil franga?".[43]

VI.

Quanto ao repertório literário, *Fantina* faz parte de um amplo conjunto de obras de inspiração crítica à escravidão, produzidas no Oitocentos, que tematizavam o sofrimento da mãe escrava e o abuso sexual da mulher escrava. Na realidade, o título, ao remeter à personagem Fantine, de *Os miseráveis*, de Victor Hugo, sugere até um escopo mais abrangente, aludindo em geral à mulher sexualmente explorada e abandonada, mãe a lutar pela sobrevivência própria e de suas crianças.

É claro que a presença da escravidão na literatura oitocentista ocorre de diversas formas. A mais comum quiçá seja a normalização ou invisibilidade dela, em especial por meio de frases que omitem o sujeito das ações que descrevem o trabalho em cenas de contos e romances. Três exemplos a esmo, de um mesmo conto de Machado de Assis, "A mulher de preto". Estevão era jovem, médico, "morava só"; mas logo em seguida: "tinha um escravo, da mesma idade que ele, e cria da casa do pai, — mais irmão do que escravo, na dedicação e no afeto". O narrador do conto, ao que parece, não se dá conta da contradição. A personagem que "morava só" morava (sic) em companhia de um escravo — e a contradição se torna mais aguda pelo fato de que o tal escravo é descrito como "mais irmão do que escravo". Ninguém diria estar "só" na companhia de um "irmão". A construção da frase desdiz o que a ideologia da bonomia senhorial afirma. O cativo, cujo nome não se sabe, é uma ausência sempre presente. Mais adiante: "Trouxeram-lhe o almoço; Estevão comeu rapidamente porque era tarde, e saiu para ir ver alguns doentes". Deduz-se que o escravo sem nome da passagem anterior é o sujeito do verbo "trazer". Já Estevão é o sujeito nomeado das ações que anunciam o exercício do seu ofício de médico. Noutro exemplo, Estevão visita Madalena, a beldade que o encanta: "Às dez horas e meia serviu-se o chá na sala. Estevão conservou-se lá até às onze horas". Não se sabe quem serviu o chá. Ou melhor, qualquer leitora ou leitor do Oitocentos imaginaria um criado ou uma criada, mui provavelmente em cativeiro, fazendo o serviço. Na outra frase, o cavalheiro "conserva-se" no recinto, saboreando o chá e se encantando com a beldade.[44]

Outra maneira de normalizar a escravidão consistia em utilizá-la para efeito cômico, recurso presente, por exemplo, em *A Moreninha*, de Joaquim Manoel de Macedo. Em passagens evocativas do teatro popular, fosse o de costumes locais, numa época em que as comédias de Martins Pena divertiam os habitantes da Corte, fosse por meio das peripécias e artimanhas dos criados ou empregados domésticos na tradição da *Commedia Dell'Arte*, Macedo se esbalda satirizando a dependência dos estudantes bem aquinhoados em relação aos escravos que lhes serviam. Augusto deixara o seu "moleque" acompanhar um amigo, pois ele retornaria mais tarde com "um papel de importância". Mas o escravo atrasa, dez horas da noite, "nada de moleque": "Augusto via-se atormentado pela fome, e Rafael o seu querido moleque não aparecia... o bom Rafael que era ao mesmo tempo o seu cozinheiro, limpa--botas, cabeleireiro, moço de recados e... e tudo mais, que as urgências mandavam que ele fosse". Páginas adiante, um dos moços requestava uma rapariga no teatro, mas a única forma de levar a bom termo o negócio parecia ser contar com a ajuda de Tobias, descrito jocosamente com recurso aos lugares--comuns do racismo fisionômico do período. O "crioulinho" tinha dezesseis anos, vestia branco, com uma cara mais negra e mais lustrosa, do que um botim envernizado, tendo dous olhos belos, grandes, vivíssimos, e cuja esclerótica era branca como o papel em que te escrevo, com lábios grossos [...] ocultando duas ordens de finos e claros dentes, que fariam inveja a uma baiana, dá-lhe a ligeireza, a inquietação, e rapidez de movimentos de um macaco, e terás feito ideia desse diabo de azeviche, que se chama Tobias.

Tobias passa ao mocetão as informações necessárias a respeito da moçoila, diz que "ela morre por casar", leva recado ("o recado do meu senhor é uma carambola, que batendo no meu ouvido vai logo bater no da senhora"), marca encontro entre os jovens — enfim, faz acontecer o romance. Também aceita de bom grado, é claro, os "cobres" que recebe do guapo donzel. Sempre "pronto, lesto, e agudo", com os cobres no bolso Tobias fica "prontíssimo, lestíssimo, e agudíssimo".[45]

Um inventário sobre o modo de a literatura brasileira do Oitocentos evidenciar a centralidade da escravidão, sem que ela ocupe muito espaço na superfície do texto, nos levaria longe. Como não poderia deixar de ser, a escravidão *estruturava*, ainda que de forma *indeterminada*, tanto a sociedade como a literatura que nela se produzia.[46] Estava em toda parte, mesmo quando não se falava dela na aparência, porque era inevitável: como diria Brás Cubas mais tarde, "Dessa terra e desse estrume é que nasceu esta flor".[47] A "flor" era ele próprio, Brás Cubas, narrador, personagem, "defunto autor" ciente de que ninguém escapa à lama (ou à "terra" e ao "estrume", na versão otimista) da história à qual pertence. Por isso é melhor pôr nosso paquete de volta na rota original, em busca do *imaginário* disponível ao criador de *Fantina* na forma de obras literárias que figuram o sofrimento e o abuso das mulheres escravizadas.

A referência imprescindível a quem se aventurasse pelos caminhos da ficção a respeito da escravidão a partir da década de 1850 era *Uncle Tom's Cabin*, de Harriet Beecher Stowe, conhecido como *A cabana do pai Tomás* em português. A obra foi um dos maiores sucessos editoriais do século XIX. Publicada originalmente como folhetim de periódico abolicionista, no formato de livro em 1852, venderam-se dela cerca de 310 mil exemplares no norte dos Estados Unidos em poucos meses; na Inglaterra, as vendas atingiram mais de 1,5 milhão de exemplares já em 1853. Traduções e edições espalharam-se mundo afora — ao longo da década de 1850, foram 38 na Inglaterra, 15 em espanhol, 11 em francês, 5 em português, 4 na Rússia.[48]

Quanto ao enredo, há no livro duas tramas paralelas, que convergem no tema do sofrimento dos escravizados em decorrência da venda deles no mercado interno de mão de obra no sul dos Estados Unidos. No início da estória, os protagonistas respectivos de cada fio do enredo, pai Tomás e Elisa, eram cativos, no Kentucky, de um senhor "bondoso" que, no entanto, decide vender pai Tomás e o filhinho de Elisa para lidar com uma urgência financeira e evitar a bancarrota. Pai Tomás é negociado com outro senhor benevolente, de New Orleans, que morre, deixando-o à mercê da viúva, a qual o vende de novo, mas dessa vez para um senhor extremamente cruel. Após vários episódios de religiosidade cristã e resignação de sua parte, pai Tomás é torturado até a morte. No que se refere a Elisa, ao descobrir que seu filhinho estava vendido, escapa à noite com a criança e ruma para o norte; atravessa um rio congelado, chega a Ohio e, depois de muitas peripécias e lances dramáticos, segue na rota de fuga para o Canadá em companhia do marido, que se juntara a ela.[49]

As repercussões do romance de Stowe parecem ter sido quase imediatas no Brasil, apesar de obstáculos à sua circulação, episódios de apreensão de exemplares e cousas que tais.[50] Decerto inspirou literatos já na década de 1850, em especial numa época em que a literatura aparecia primeiramente nos jornais, em folhetins e crônicas estampadas ao lado do noticiário, dos editoriais, das publicações a pedido.[51] Com o fim do tráfico africano em 1850, o tráfico interno de escravizados se intensificava no Brasil, assunto presente nos debates parlamentares transcritos nos jornais, nos comentários políticos, nos anúncios e notícias de escravos à venda em lojas e por meio de leilões em praça pública. Por isso o tema central de

Stowe, a destruição de famílias e comunidades escravas nos Estados Unidos como resultado do tráfico interno, dizia respeito também ao que acontecia no Brasil.

Entre março e junho de 1855, Nísia Floresta — educadora, escritora, ativista pelos direitos das mulheres — publica "Páginas de uma vida obscura", acerca de Domingos, congo de origem, trazido ao Brasil pelo tráfico africano. Num conto longo, as agruras de Domingos são descritas em detalhe — capturado na África, escravizado em Minas Gerais, vendido para o Rio Grande do Sul, vendido para o Rio de Janeiro, fiel a senhor bondoso que morre sem lhe passar a alforria prometida, herdado por parente cruel, exemplo de resignação e fé religiosa para outros escravos, separado da companheira Maria pelo tráfico interno, pai de criança escravizada, mãe do filho vendida e separada dele, morte do filho, doença, morte. Na hipótese de leitoras e leitores de Nísia Floresta não repararem o quanto o enredo busca inspiração no pai Tomás de Stowe, a própria autora chama Domingos de "o Tom brasileiro", em passagem na qual critica St. Clare, um dos senhores do pai Tomás, por falecer "deixando o mártir Tom exposto aos horrores de bárbaro senhor". Tanto Domingos como o pai Tomás tiveram "vida de mais duras provanças ou antes de mais extraordinária fidelidade".[52]

Apesar de em *A cabana do pai Tomás* a separação de famílias e o sofrimento da mãe escrava aparecerem com mais força do que a violência sexual contra as escravizadas, os dois temas às vezes caminham juntos. No capítulo xxx, os ex-escravos de St. Clare, pai Tomás entre eles, aguardam o leilão que lhes daria novos senhores. À espera havia gente cativa de outros proprietários, como Susan e sua filha Emmeline, de quinze anos, apavoradas diante da possibilidade, logo confirmada, de serem separadas, compradas por diferentes senhores. A narrativa se aproxima da apreensão das duas mulheres, a mãe recomendando que a filha disfarce a beleza natural, que arranje o cabelo de modo a se tornar menos atraente, na esperança de que assim alguma família "respeitável" se interessasse por ela. Vendida a mãe, Emmeline é adquirida por Mr. Legree, o senhor cruel que levaria pai Tomás à morte, e que já fizera ambas estremecerem pela forma como avaliara a aparência física da rapariga, sem pretender esconder a lascívia que o motivava àquela aquisição.[53] Sob o domínio de Legree, Emmeline fica protegida do assédio por Cassy, também escrava, amante do senhor (a quem odiava) e que tinha certa ascendência sobre ele por saber explorar os seus medos e superstições. As duas mulheres acabam fugindo.

Maria Firmina dos Reis, escritora negra, professora de primeiras letras, retoma, na personagem Túlio, em *Ursula* (1859), o tema do escravo fidelíssimo cuja resignação com a injustiça da escravidão reforça a sua humanidade e demonstra a necessidade de dar cabo da instituição.[54] Ao mesmo tempo que parece seguir o receituário antiescravista de Stowe nessa parte, Maria Firmina dos Reis faz cousas ousadíssimas, como dar voz a Susana, africana, escravizada, que discorre longamente, em primeira pessoa, a respeito da liberdade que gozava na África, do seu sequestro vítima do tráfico de escravos, fim de casamento feliz, separação da filha, navio negreiro, senhores maus, senhoras bondosas mas impotentes ante a opressão dos maridos.[55] Noutra cena, o narrador em terceira pessoa se ausenta de novo e deixa passar Túlio, o qual descreve extensamente o sofrimento dos escravos com a dura exploração do trabalho, até chegar à experiência traumática da venda da mãe e a separação dos dois pelo resto da vida. Ao reportar as manobras de um comendador, algoz da mãe, para se tornar proprietário dela, Túlio diz assim:

> — Pois bem, [...] minha desgraçada mãe fez parte *daquilo* que ele comprou aos credores, e talvez fosse ela mesma uma das *cousas* que mais o interessava. Quando ela se viu obrigada a deixar-me, recomendou-me entre soluços aos cuidados da velha Susana, aquela pobre africana, que vistes em casa de minha senhora, e que é a única escrava que lhe resta hoje!
>
> Minha mãe previa a sorte, que a aguardava; abraçou-me sufocada em pranto, e saiu correndo como uma louca.

Ah! quão grande era a dor que a consumia! Porque era escrava, submeteu-se à lei, que lhe impunham, e como um cordeiro abaixou a cabeça, humilde e resignada. [grifos no original][56]

A passagem não deixa dúvida de que o interesse do comendador pela mulher escrava, mãe de Túlio, era sexual, ou incluía o direito ao abuso sexual em seu conceito geral a respeito do que significava ser proprietário de uma escrava. A ênfase do relato de Túlio está na impossibilidade de a mãe escapar a seu "destino" em vista da "lei", uma formulação reveladora à qual voltaremos ao concluir este posfácio. Apesar de não ser esse o caso na obra de Maria Firmina dos Reis, noutras parece que a determinação de uma escrava de resistir ao assédio senhorial, e despertar por isso a compaixão e a solidariedade de leitoras e leitores, está vinculada aos traços físicos dela — mais precisamente, quanto mais clara a cor da pele, maior a virtude da escrava perseguida.

Mesmo que a Elisa de *A cabana do pai Tomás* não seja associada a episódios recorrentes ou constantes de assédio sexual (em contraste com Isaura e Fantina), é curioso que a descrição dessa escrava, a mais virtuosa do romance, esposa e mãe extremosa, seja a de quem fora criada como a favorita da senhora, dotada de um refinamento pouco comum, voz e maneiras suaves, características todas que pareciam pertinentes a uma mulata clara — ou *quadroon*, quer dizer, alguém com uma quarta parte de ascendência negra. Sua beleza é *dazzling*[57] — isto é, deslumbrante —, suscitando logo o apetite do nefando negociante de escravos que aparece no início do romance; este, frustrado por não conseguir comprar Elisa, faz o lance para a compra do filhinho dela.

Da mesma forma, a fortaleza moral da escrava Isaura de Bernardo Guimarães parece depender da possibilidade de associá-la a características supostamente pertinentes às sinhazinhas que exploram o seu trabalho. Malvina, sua senhora, a repreende pelo fato de estar a cantar canção de lamento por sua condição de cativa. Diz assim: "Gozas da estima de teus senhores. Deram-te uma educação, como não tiveram muitas ricas e ilustres damas, que eu conheço. És formosa, e tens uma cor tão linda, que ninguém dirá que gira em tuas veias uma só gota de sangue africano".[58] Páginas antes, o narrador já havia comparado "a tez" de Isaura ao "marfim do teclado, alva que não deslumbra, embaçada por uma nuança delicada, que não saberíeis dizer se é leve palidez ou cor de rosa desmaiada".[59] Quanto à Fantina de Duarte Badaró, Zé de Deus sugere ao namorado dela "que furtasse a rapariga e fosse para bem longe; que ela era clara, bonita e bem-educada, por isso ninguém a tomaria por escrava fugida".[60] Antes de sofrer a perseguição de Frederico, Fantina já vivera a lidar com o assédio dos homens da casa: "Os senhores moços quando encontravam-na longe de d. Luzia, davam beliscões e diziam-lhe palavras de significação equívoca. Prometiam--lhe mundos e fundos: a carta de liberdade e uma negra".[61] Isaura é perseguida pelo senhor, pelo irmão de Malvina, pelo jardineiro da casa. Ao lado dessas mulheres escravas criadas por literatos, vimos Mathilde, em Piranga, cuja experiência cotidiana parece ter sido semelhante à das cativas imaginárias. Ela também era "clara" e "bonita", se bem que "parda", palavra não associada a Isaura. Já Fantina é descrita noutro trecho como "mulatinha".[62]

Vendo essas passagens em conjunto — e várias outras, noutras obras literárias do período, poderiam ser mencionadas —, fica-se com a impressão de que a pele mais clara das escravas assediadas leva a perseguição sexual delas por seus senhores a se tornar mais moralmente reprovável. É como se *essas escravas* não devessem ser perseguidas e violadas, pois eram quase brancas na cor da pele e nas maneiras adquiridas. Assim, suas agruras despertariam maior simpatia em leitoras e leitores, quiçá fazendo avançar a causa abolicionista. Os pressupostos racista e sexista da estratégia parecem passar despercebidos aos contemporâneos, o que não torna o tempo deles necessariamente menos esclarecido que o nosso, pois raciocínios análogos, a respeito de mulheres a serem ou não abusadas, continuam a povoar a mente de senhores poderosos das Américas — no Brasil e alhures.

VII.

Em *Ursula*, no trecho já citado, Túlio descreve o desespero da sua mãe diante da perspectiva de ficar à mercê dos abusos do comendador que a adquirira. Sofria pela separação do filho e porque, sendo escrava, teria de "submeter-se à lei, que lhe impunham". No contexto da passagem, a tal lei imposta poderia ser referência ao costume senhorial de, nas palavras do narrador de *A escrava Isaura*, atribuindo o pensamento a Leôncio, o algoz do romance, olhar "as escravas como um serralho à sua disposição".[63] Ainda que se possa distinguir na formulação de Bernardo Guimarães um exagero retórico, cheio de boas intenções antiescravistas, acerca do caráter "libidinoso" de certos senhores, sabe-se lá quantos, é verdade que havia base legal, não apenas costumeira, para que senhores vissem os corpos das escravas como propriedade sua, inclusive no que toca à disponibilidade delas para a violação sexual.

O caso ocorreu em Olinda, Pernambuco, em agosto de 1882.[64] Henriques Pontes era acusado de haver "deflorado" a sua escrava Honorata, "menor de doze anos". Não parece haver muita controvérsia sobre o episódio em si. Pontes acabara de comprar a escravinha. Vindo da casa do senhor antigo dela em direção à sua residência, parou no caminho e entrou num quarto onde morava Tibúrcio, também seu escravo, ordenou que este se retirasse, entrou e estuprou a menina. Teve relações outras vezes com ela nos dias posteriores. Quando examinada por peritos, Honorata estava bastante machucada.[65] Numa de suas manifestações, o promotor que acusava o senhor em nome da escrava relatou episódios anteriores de abusos cometidos pelo réu, sempre contra escravas, aparentemente. Quatro anos antes, quando o promotor era chefe de polícia, recebera denúncia de um subdelegado de que Pontes estava atrás de uma "escravinha" que pertencera a seu falecido sogro, "que a todo transe, queria deflorar ou ter relações ilícitas com a mesma". Havia dois anos, o réu fora "processado por crime de defloramento em uma pardinha desta cidade". O promotor disse que o seu "espírito vacilou" e não pronunciou o réu naquela ocasião, "não porque, em consciência não o supusesse o verdadeiro criminoso". As provas não pareciam muito contundentes; além disso, "não era ainda abolicionista e só agora o sou".[66]

Em sua defesa, Pontes não contestou ter sido autor do "defloramento". Em vez disso, alegou que não cabia "ação da Justiça pública no defloramento da escrava pelo senhor, e que por isto, nem o inquérito deveria ter sido feito e nem o promotor público deveria ter-se queixado do réu".[67] Apesar de idas e vindas e alguma controvérsia, a linha de defesa do réu prevaleceu. Pontes, assim como qualquer senhor, era inimputável por violências sexuais cometidas contra suas escravas.

No acórdão que exonerou o réu, lê-se: "O defloramento ou estupro, não compreendido no art. 222 do Cód. Crim., de uma escrava menor de dezessete anos por seu senhor, é sem dúvida um ato contrário aos bons costumes, imoral, revoltante e digno de severa punição; no estado, porém, da nossa legislação, escapa infelizmente à sanção penal".[68]

Em suma, a opinião que prevaleceu entre os julgadores do recurso crime, mas que não foi unânime entre eles, consistia em alegar que os senhores não poderiam ser criminalmente responsabilizados por nenhuma ação cometida contra seus escravos que não estivesse expressamente consignada no Código Criminal do Império (vigente desde 1830). Assim, "os senhores podem ser punidos pelos castigos rigorosos, que infligem a seus escravos"; ademais, "devem ser punidos em virtude do crime de homicídio dado em referência a seus escravos, proveniente de castigos corporais imoderados, ou qualquer outro gênero de morte acontecida por culpa dos senhores".[69] Portanto, só tortura e homicídio eram crimes imputáveis aos senhores, pois neles se reconheciam atentados contra a integridade física dos escravizados. Os dois parágrafos seguintes completam o arrazoado afinal vencedor entre os sábios julgadores:

> Sou do número dos que pensam, que os senhores em referência a seus escravos, enquanto existirem no país e a respeito

deles vigorar a legislação que temos, não podem cometer outros crimes, que não prevenham [sic; "provenham"?] do abuso do poder dominical, do direito de correção, e que fora dessas raias não podem os senhores cometer crime em relação a seus escravos.

Privados de direitos civis, não têm os escravos o direito de propriedade, o de liberdade, o de honra e o de reputação, seus direitos reduzem-se ao da conservação e da integridade de seu corpo, e só quando os senhores atentam contra seu direito, é que incorrem em crime punível, porque não há delito sem a violação de um direito![70]

O ponto de exclamação triunfante no final do doutíssimo parecer, exarado com rigor e ilustração jurídica — talvez principalmente com convicção varonil —, não nos deve enganar quanto ao fato de que se chegou à conclusão de que violências sexuais contra pessoas escravizadas não constituíam atentados contra a sua integridade física. Na formulação calhorda de Frederico: "Escapará das garras da raposa a débil franga?"; Leôncio, finório de melhor estirpe, sabia que Isaura "era propriedade sua, e quando nenhum outro meio fosse eficaz, restava-lhe o emprego da violência". Já vimos essas passagens anteriormente. Agora sabemos que a imaginação literária do autor de *Fantina* denunciava um tipo de violência legitimada no universo jurídico — quer dizer, garantida pelas leis do país.

Por isso concluo que um texto de qualidade literária duvidosa nos permite penetrar no âmago da história e entender motivos pelos quais parecia imperioso, naquela época, lutar contra a ignomínia da escravidão e, agora, contra tantas outras que continuam a nos afligir.

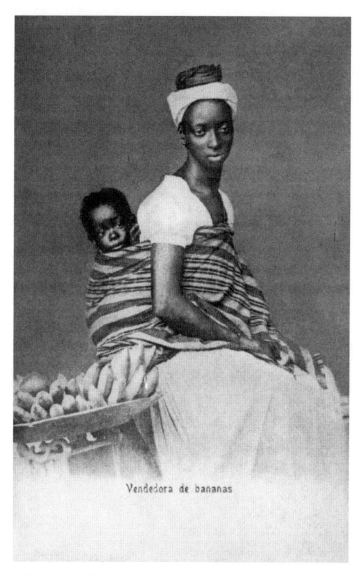

Mãe escrava em fotografia de Rodolpho Lindemann

BIBLIOGRAFIA

———

LIVROS, ARTIGOS, CAPÍTULOS DE LIVROS E TESES

Albuquerque, Wlamyra R. de. *O jogo da dissimulação: Abolição e cidadania negra no Brasil*. São Paulo: Companhia das Letras, 2009.

Alencar, José de. *Senhora: perfil de mulher*. Rio de Janeiro: B. L. Garnier, 1875, v. 2, p. 142-3. USP, Brasiliana Digital.

Alonso, Angela. *Flores, votos e balas: o movimento abolicionista brasileiro (1868-88)*. São Paulo: Companhia das Letras, 2015.

Assis, Machado de. "A mulher de preto". In: *Contos fluminenses*. Rio de Janeiro: B. L. Garnier, s.d. [1870]. USP, Brasiliana Digital.

———. *Memorias posthumas de Braz Cubas*. Rio de Janeiro: Typographia Nacional, 1881. USP, Brasiliana Digital.

———. *Varias historias*. Rio de Janeiro; São Paulo: Laemmert & C., Editores, 1896.

Azevedo, Elciene. *O direito dos escravos: lutas jurídicas e abolicionismo na província de São Paulo*. Campinas: Editora da Unicamp, 2010.

Badaró, Murilo. *Memórias póstumas de Francisco Badaró: romance histórico-biográfico*. Belo Horizonte: Claro Enigma, 2008.

Castilho, Celso Thomas. "The Press and Brazilian Narratives of *Uncle Tom's Cabin*: Slavery and the Public Sphere in Rio de Janeiro, ca. 1855". *The Americas*, jan. 2019, p. 77-106.

Chalhoub, Sidney. *Machado de Assis, historiador*. São Paulo: Companhia das Letras, 2003.

Conrad, Robert. *Os últimos anos da escravatura no Brasil*. 2.ª ed. Rio de Janeiro: Civilização Brasileira, 1978.

Cowling, Camillia. *Concebendo a liberdade: mulheres de cor, gênero e a abolição da escravidão nas cidades de Havana e Rio de Janeiro*. Campinas: Editora da Unicamp, 2018.

Duarte, Eduardo de Assis. "Maria Firmina dos Reis: na contracorrente do escravismo, o negro como referência moral". In: Sidney Chalhoub e Ana Flávia Magalhães Pinto (org.). *Pensadores negros — pensadoras negras. Brasil, séculos XIX e XX*. Cruz das Almas: EDUFRB; Belo Horizonte: Fino Traço, 2016, p. 41-58.

Ferretti, Danilo. "A publicação de *A cabana do pai Tomás* no Brasil escravista". *Varia Historia*. Belo Horizonte, v. 33, n.º 61, jan.-abr. 2017, p. 192.

Grinberg, Keila. *O fiador dos brasileiros: cidadania, escravidão e direito civil no tempo de Antonio Pereira Rebouças*. Rio de Janeiro: Civilização Brasileira, 2002.

Guimarães, Bernardo. *A escrava Isaura*. Rio de Janeiro: B. L. Garnier, 1875. USP, Brasiliana Digital.

Lima, Henrique Espada. "Trabalho e leis para os libertos na ilha de Santa Catarina no século XIX: arranjos e contratos entre a autonomia e a domesticidade". *Cadernos do Arquivo Edgard Leuenroth*. Campinas, v. 14, 2009, p. 133-75.

Macedo, Joaquim Manoel de. *A Moreninha*. Rio de Janeiro: Typographia Franceza, 1844. USP, Brasiliana Digital.

Maia, Ludmila de Souza. "Páginas da escravidão: raça e gênero nas representações de cativos brasileiros na imprensa e na literatura oitocentista". *Revista de História*. São Paulo, n.º 176, 2017, p. 1-33.

Mendes, Algemira de Macedo. *A escrita de Maria Firmina dos Reis na literatura afrodescendente brasileira: revisitando o cânone*. Lisboa: Chiado Editora, 2016.

Morrison, Toni. *Playing in the Dark: Whiteness and the Literary Imagination*. Nova York: Vintage Books, 1993.

Paes, Mariana Armond Dias. *Escravidão e direito: o estatuto jurídico dos escravos no Brasil oitocentista (1860-1888)*. São Paulo: Alameda, 2019.

Pena, Eduardo Spiller. *Pajens da Casa Imperial: jurisconsultos, escravidão e a lei de 1871*. Campinas: Editora da Unicamp, 2001.

Pinto, Ana Flávia Magalhães. *Escritos de liberdade: literatos negros, racismo e cidadania no Brasil oitocentista*. Campinas: Editora da Unicamp, 2018.

Pinto, Joaquim de Almeida. *Diccionario de botanica brasileira ou compendio dos vegetaes do Brasil, tanto indigenas como acclimados*. Rio de Janeiro, 1873. USP, Brasiliana Digital.

Pinto, Luiz Maria da Silva. *Diccionario da lingua brasileira*. Ouro Preto, 1832. USP, Brasiliana Digital.

Porto, Ana Gomes. "Confeccionando ficções criminais: os arquivos e a literatura de crime". *História Social: Revista dos Pós-Graduandos em História da Unicamp*, n.º 22/23, 2012, p. 143-63.

Ramos, Ana Flávia Cernic. *As máscaras de Lélio: política e humor nas crônicas de Machado de Assis (1883-1886)*. Campinas: Editora da Unicamp, 2016.

Recenseamento Geral do Império de 1872. Minas Gerais (segunda parte), v. 9, Rio de Janeiro, 1876. Disponível em: https://archive.org/details/recenseamento1872mg2/page/n281.

Reis, Maria Firmina dos. *Ursula: romance original brasileiro*. Edição fac-similar de 1975. São Luís: Typographia do Progresso, 1859.

Sacramento Blake, Augusto Victorino Alves. *Diccionario bibliographico brazileiro*. Rio de Janeiro: Imprensa Nacional, 1893.

Senra, Nelson de Castro. *História das estatísticas brasileiras*. Rio de Janeiro: IBGE, 2006.

Silva, Antonio de Moraes. *Diccionario da lingua portugueza*. Edição fac-similar de 1922. Lisboa, 1813, v. 2.

Slenes, Robert W. "Escravos, cartórios e desburocratização: o que Rui Barbosa não queimou será destruído agora?". *Revista Brasileira de História*, v. 5, n.º 10, p. 166-96.

Stowe, Harriet Beecher. *Uncle Tom's Cabin; or Life Among the Lowly*. Londres: H. G. Bohn, 1852.

Telles, Lorena Féres da Silva. *Teresa Benguela e Felipa Crioula estavam grávidas: maternidade e escravidão no Rio de Janeiro (século XIX)*. Tese (Doutorado em história social) — São Paulo: Universidade de São Paulo, 2018.

Thérenty, Marie-Ève. *La Littérature au quotidien: poétiques journalistiques au XIXᵉ siècle*. Paris: Éditions du Seuil, 2007.

Thompson, E. P. *A miséria da teoria, ou um planetário de erros: uma crítica ao pensamento de Althusser*. Rio de Janeiro: Zahar, 1981.

Tinhorão, José Ramos. *A música popular no romance brasileiro*, v. I: *Séculos XVIII e XIX*. 2.ª ed. rev. e ampl. São Paulo: Editora 34, 2000.

PERIÓDICOS

Annaes do Congresso Constituinte da Republica — 1890. 2.ª ed. rev., v. 1, 1924

A Provincia de Minas. Orgão do Partido Conservador

Diario do Rio de Janeiro

Jornal do Commercio

O Abolicionista. Orgão da Sociedade Brasileira contra a Escravidão

O Brasil Illustrado

O Direito, 35, 1884

NOTAS

FANTINA: CENAS DA ESCRAVIDÃO (P. 9-115)

1 O texto de *Fantina* aparece aqui segundo a publicação de 1881, atualizada a ortografia. Respeitou-se a pontuação original, salvo pouquíssimos casos em que erros óbvios dificultavam o entendimento de trechos da obra. Quando evidentes, erros tipográficos e gramaticais também foram corrigidos.

2 "Por mais bela que seja, mesmo assim não me agrada."

3 Assim no original. Deve ser *sambamba*, que significa "charque".

4 Ver posfácio, p. 119.

5 Ver p. 119.

POSFÁCIO (P. 119-74)

1 *Fantina*, p. 19.

2 Para o que se segue no parágrafo, *Fantina*, p. 38-41.

3 Não encontrei "marchadeira" em dicionários do século XIX; Antonio de Moraes Silva, *Diccionario da lingua portugueza*, registra "marchada" como sinônimo de "marcha", daí podia vir "marchadeira", quem sabe. De qualquer forma, ao que parece, Duarte Badaró às vezes utilizava o itálico para indicar expressões de época, como no uso do verbo *pintar* logo abaixo, sem dúvida fora do sentido consignado em dicionários

disponíveis no período. Consultei também Luiz Maria da Silva Pinto, *Diccionario da lingua brasileira*.

4 Deve ser "rachar". Não encontrei "rechar" em dicionários do século xix; porém, um dos significados de "rechaço" é "dança assim chamada", segundo Moraes Silva, *Diccionario*, op. cit.

5 José Ramos Tinhorão, *A música popular no romance brasileiro*, v. i: *Séculos xviii e xix*, p. 211-19.

6 *Fantina*, p. 57-58. Além do conhecimento próprio do autor, que cresceu numa fazenda do interior de Minas Gerais, outra fonte possível para essa longa lista de plantas e propriedades medicinais é Joaquim de Almeida Pinto, *Diccionario de botanica brasileira ou compendio dos vegetaes do Brasil, tanto indigenas como acclimados*.

7 Machado de Assis, "Advertência", em *Varias historias*.

8 Augusto Victorino Alves Sacramento Blake, *Diccionario bibliographico brazileiro*, v. 2, p. 428. Os sete volumes dessa obra foram publicados entre 1883 e 1902.

9 Murilo Badaró, *Memórias póstumas de Francisco Badaró: romance histórico-biográfico*.

10 Murilo Badaró, op. cit., p. 17.

11 Murilo Badaró, op. cit., p. 32-36.

12 *A Provincia de Minas. Orgão do Partido Conservador*, 10 abr. 1884, p. 4. Encontrei mais de vinte anúncios dos serviços do advogado Duarte Badaró em Ouro Preto em 1884. Uma versão mais curta era a mais corrente: "Advogado. — O dr. Francisco Coelho Duarte Badaró tem o seu escritório nesta cidade, ao largo do Rosário, Hotel Monteiro". A consulta aos periódicos de época ocorreu por meio da Biblioteca Nacional Digital.

13 A *Provincia de Minas*, 21 fev. 1884, p. 2.

14 *Annaes do Congresso Constituinte da Republica — 1890*, v. 1, p. 787. Os anais parlamentares foram consultados por meio da Biblioteca Digital da Câmara dos Deputados.

15 Robert W. Slenes, "Escravos, cartórios e desburocratização: o que Rui Barbosa não queimou será destruído agora?", *Revista Brasileira de História*, v. 5, n.º 10, p. 166-96.

16 *Annaes do Congresso Constituinte da Republica*, op. cit., v. 1, p. 788.

17 *Fantina*, p. 10.

18 José de Alencar, *Senhora: perfil de mulher*, v. 2, p. 142-43.

19 José de Alencar, op. cit., v. 2, p. 241-48, p. 242 para o trecho citado. Segundo se depreende de notícias e anúncios em periódicos da Corte — como *O Globo, O Mosquito, Jornal do Commercio* —, houve um hiato de alguns meses entre a publicação do primeiro e a do segundo volume. Por isso, presumo, Alencar teve a oportunidade de incluir, no final do segundo volume, a carta publicada logo após o aparecimento do primeiro volume, que ocorrera aparentemente em abril ou início de maio de 1875. A carta, assinada por "Eliza do Valle", aparece no *Jornal do Commercio* em 5 de maio.

20 O próprio Bernardo Guimarães utiliza a fotografia como analogia na definição de um tipo de realismo "puro" que criticava; *Fantina*, p. 13.

21 *Fantina*, p. 10.

22 *Fantina*, p. 11.

23 *Fantina*, p. 71.

24 *Fantina*, p. 73.

25 Para informações gerais sobre folhetins e romances europeus do período, recorro sempre que necessário aos volumes das coleções Laffont-Bompiani, *Dictionnaire des Auteurs* (quatro volumes), *Dictionnaire des Oeuvres* (seis volumes) e *Dictionnaire des Personnages* (um volume). Sobre romances policiais no período, Ana Gomes Porto, "Confeccionando ficções criminais: os arquivos e a literatura de crime", *História Social: Revista dos Pós-Graduandos em História da Unicamp*, n.º 22/23, 2012, p. 143-63.

26 *Fantina*, p. 79.

27 *Fantina*, p. 80.

28 Segundo Robert Conrad, 22 petições "em defesa do *status quo*" foram apresentadas ao Parlamento por "organizações agrícolas e comerciais do Rio de Janeiro, Minas Gerais e São Paulo" de maio a meados de setembro de 1871; Robert Conrad, *Os últimos anos da escravatura no Brasil*, p. 117.

29 *Diario do Rio de Janeiro*, 9 jun. 1871, p. 2-3.

30 *Fantina*, p. 112.

31 A bibliografia sobre a história do abolicionismo é vasta e diversa. Para este meu relato, o livro de Robert Conrad, já citado, continua a ser uma ótima apresentação do processo político, mais precisamente legislativo, da emancipação escrava. Para um estudo do abolicionismo bem-pensante que decerto cativava bacharéis literatos como Duarte Badaró, ver Angela Alonso, *Flores, votos e balas: o movimento abolicionista brasileiro (1868-88)*. Para visões de pensadores negros do período, Ana Flávia Magalhães Pinto, *Escritos de liberdade: literatos negros, racismo e cidadania no Brasil oitocentista*. Para a história social do processo de emancipação escrava, ver, por exemplo, Wlamyra R. de Albuquerque, *O jogo da dissimulação: abolição e cidadania negra no*

Brasil, e Elciene Azevedo, *O direito dos escravos: lutas jurídicas e abolicionismo na província de São Paulo*. Estudei os problemas na aplicação da lei de 28 de setembro em Sidney Chalhoub, *Machado de Assis, historiador*, cap. 4.

32 *O Abolicionista. Orgão da Sociedade Brasileira contra a Escravidão*, 1.º dez. 1881, p. 6.

33 Para um estudo recente empiricamente rico a respeito das lutas das mães escravizadas e do abuso sexual na escravidão, Lorena Féres da Silva Telles, *Teresa Benguela e Felipa Crioula estavam grávidas: maternidade e escravidão no Rio de Janeiro (século xix)*, tese (doutorado em história social); para um estudo centrado em ações judiciais movidas por mulheres escravas em perspectiva comparada, Camillia Cowling, *Concebendo a liberdade: mulheres de cor, gênero e a abolição da escravidão nas cidades de Havana e Rio de Janeiro*.

34 *Recenseamento geral do Império de 1872. Minas Gerais (segunda parte)*, v. 9. Disponível em: https://archive.org/details/recenseamento1872mg2/page/n281.

35 Para os dados do país, consultei Nelson de Castro Senra, *História das estatísticas brasileiras*, p. 418.

36 Supremo Tribunal de Justiça; processo de revista cível entre partes (1871-74); Mathilde, parda por seu curador; recorridos Manoel Fernandes Guimarães e outros; bu.o.rci.0388, Arquivo Nacional, Rio de Janeiro. Para o entendimento das diferentes ações jurídicas "de definição de estatuto jurídico", ver o excelente estudo de Mariana Armond Dias Paes, *Escravidão e direito: o estatuto jurídico dos escravos no Brasil oitocentista (1860-1888)*.

37 Sobre alforria condicional, Eduardo Spiller Pena, *Pajens da Casa Imperial: jurisconsultos, escravidão e a lei de 1871*, em especial cap. 1.

38 Keila Grinberg, *O fiador dos brasileiros: cidadania, escravidão e direito civil no tempo de Antonio Pereira Rebouças*.

39 Henrique Espada Lima, "Trabalho e leis para os libertos na ilha de Santa Catarina no século XIX: arranjos e contratos entre a autonomia e a domesticidade", *Cadernos do Arquivo Edgard Leuenroth*, Campinas, v. 14, 2009, p. 133-75.

40 Bernardo Guimarães, *A escrava Isaura*, p. 63.

41 *Fantina*, p. 45.

42 Bernardo Guimarães, op. cit., p. 28.

43 *Fantina*, p. 89.

44 Machado de Assis, "A mulher de preto", em *Contos fluminenses*, p. 112, 121, 133.

45 Joaquim Manoel de Macedo, *A Moreninha*, p. 22, 29-31. A tradição da *Commedia Dell'Arte*, em suas variações via Molière, Marivaux e Goldoni, parecia bastante presente entre literatos e até políticos da Corte; ver Ana Flávia Cernic Ramos, *As máscaras de Lélio: política e humor nas crônicas de Machado de Assis (1883-1886)*, p. 65-88.

46 Para a ideia de "totalidade estruturada indeterminada", ou da "teoria como expectativa", E. P. Thompson, *A miséria da teoria, ou um planetário de erros: uma crítica ao pensamento de Althusser*. Sobre a desconexão frequente entre a superfície ou a aparência do texto literário e a história que o estrutura, Toni Morrison, *Playing in the Dark: Whiteness and the Literary Imagination*.

47 Machado de Assis, *Memorias posthumas de Braz Cubas*, p. 45.

48 Danilo Ferretti, "A publicação de *A cabana do pai Tomás* no Brasil escravista", *Varia Historia*, Belo Horizonte, v. 33, n.º 61, jan.-abr. 2017, p. 192.

49 Harriet Beecher Stowe, *Uncle Tom's Cabin; or Life Among the Lowly.*

50 Danilo Ferretti, op. cit., p. 198-200, para episódios de apreensão e indícios de que o romance circulava apesar disso.

51 Na realidade, havia procedimentos de "ficcionalização" — quer dizer, de noticiar contando ou imaginando personagens e/ou estórias — em espaços dos jornais distintos daqueles rigorosamente reservados à literatura (cujo lugar mais visível era o folhetim do rodapé e suas estórias serializadas); Marie-Ève Thérenty, *La Littérature au quotidien: poétiques journalistiques au xixᵉ siècle.*

52 O conto, assinado por B. A. (iniciais do sobrenome de Nísia Floresta Brasileira Augusta), apareceu em *O Brasil Illustrado* em 14 e 31 de março, 15 e 30 de abril, 15 e 31 de maio, 15 e 30 de junho de 1855 (a referência direta ao livro de Stowe ocorre no último capítulo, em 30 de junho); ver Ludmila de Souza Maia, "Páginas da escravidão: raça e gênero nas representações de cativos brasileiros na imprensa e na literatura oitocentista", *Revista de História*, São Paulo, n.º 176, 2017, p. 1-33; Celso Thomas Castilho, "The Press and Brazilian Narratives of *Uncle Tom's Cabin*: Slavery and the Public Sphere in Rio de Janeiro, ca. 1855", *The Americas*, jan. 2019, p. 77-106.

53 Harriet Beecher Stowe, op. cit., p. 355-62.

54 Eduardo de Assis Duarte, "Maria Firmina dos Reis: na contracorrente do escravismo, o negro como referência moral", em Sidney Chalhoub e Ana Flávia Magalhães Pinto (org.), *Pensadores negros — pensadoras negras. Brasil, séculos xix e xx*, p. 41-58; Algemira de Macedo Mendes, *A escrita de Maria Firmina dos Reis na literatura afrodescendente brasileira: revisitando o cânone*, p. 102-4.

55 Maria Firmina dos Reis, *Ursula: romance original brasileiro*, cap. ix, "A preta Susana", p. 88-95.

56 Maria Firmina dos Reis, op. cit., p. 137.

57 Harriet Beecher Stowe, op. cit., p. 12.

58 Bernardo Guimarães, op. cit., p. 12.

59 Bernardo Guimarães, op. cit., p. 10.

60 *Fantina*, p. 46.

61 *Fantina*, p. 32.

62 *Fantina*, p. 31.

63 Bernardo Guimarães, op. cit., p. 20.

64 Para tudo o que segue, "Defloramento da escrava pelo senhor. — Questões conexas", O *Direito*, 35 (1884), p. 103-8.

65 O *Direito*, 35 (1884), p. 103-4.

66 O *Direito*, 35 (1884), p. 108.

67 O *Direito*, 35 (1884), p. 105.

68 O *Direito*, 35 (1884), p. 118.

69 O *Direito*, 35 (1884), p. 114.

70 O *Direito*, 35 (1884), p. 114-15.

CRÉDITOS DAS ILUSTRAÇÕES

p. 7: Frontispício do livro *Fantina (Scenas da escravidão)*, de f. c. Duarte Badaró. Academico de S. Paulo. Com um juizo critico por Bernardo Guimarães. Rio de Janeiro: b. l. Garnier. — Livreiro Editor. Rua do Ouvidor, 71. 1881. Biblioteca Brasiliana Guita e José Mindlin — prceu/usp

p. 117: Fotografia de Marc Ferrez. *Negra com seu filho, c.* 1884, Salvador. Marc Ferrez/Instituto Moreira Salles

p. 122-23: *Danse landu de Monthelier, J.* (Jules Alexandre). Paris: Lithographia de Thierry Frères. Reproduzida no livro Rugendas, Johann Moritz, 1802-58. *Viagem pitoresca através do Brasil.* [Gravura 96]. Prancha 18. Acervo da Fundação Biblioteca Nacional — Brasil

p. 125: Obra de Jean-Baptiste Debret, *Le diner. Les dèlassemens d'une aprés diner* [O jantar. Passatempos depois do jantar], 1835. Frères, Thierry (litografia de). Litografia pb; dimensões da gravura: 38,0 × 23,3 cm. Paris: Firmin Didot Frères. Biblioteca Brasiliana Guita e José Mindlin — prceu/usp.

p. 141: Reprodução da p. 2 do *Jornal do Commercio*, 1 set. 1871. Arquivo JCom/d.a. Press/Hemeroteca da Fundação Biblioteca Nacional — Brasil

p. 155: Supremo Tribunal de Justiça, Processo de revista cível entre partes (1871-74); Mathilde, parda por seu curador; recorridos Manoel Fernandes Guimarães e outros; bu.o.rci. 0388. Arquivo Nacional

p. 175: Fotografia de Rodolpho Lindemann, *Vendedora de bananas.* Arquivo Histórico Municipal de Salvador/secults

Este livro foi composto em Freight text em setembro de 2019.